Paul Bruno Schönherr

Saint-Amant, sein Leben und seine Werke

Paul Bruno Schönherr

Saint-Amant, sein Leben und seine Werke

ISBN/EAN: 9783743618794

Hergestellt in Europa, USA, Kanada, Australien, Japan

Cover: Foto ©Raphael Reischuk / pixelio.de

Manufactured and distributed by brebook publishing software (www.brebook.com)

Paul Bruno Schönherr

Saint-Amant, sein Leben und seine Werke

Saint-Amant.
Sein Leben und seine Werke.

Inaugural-Dissertation

zur

Erlangung der Doktorwürde

bei der

philosophischen Fakultät der Universität Leipzig

eingereicht von

Paul Schönherr

aus

Chemnitz.

Oppeln und Leipzig.
Verlag von Eugen Franck's Buchhandlung (GEORG MASKE).
1888.

Leben.

Ich, Paul Bruno Schönherr, bin geboren am 24. Juli 1865 zu Chemnitz, wo ich von Ostern 1871 bis Ostern 1876 in der Bürgerschule meine Vorbildung erhielt. Darauf besuchte ich von Ostern 1876 bis Ostern 1884 die Realschule I. O. meiner Vaterstadt, um nach bestandenem Reifeexamen Ostern 1884 die Universität Leipzig zu beziehen. Ich besuchte die Vorlesungen der Herren Proff. Curtius, Drobisch, Ebert, Heinze, Hildebrand, Masius, Settegast, Wülker, Zarncke, sowie des Herrn Privatdozenten Dr. Kœrting. Von Ostern 1885 an habe ich an den Übungen der von Herrn Prof. Dr. Ebert geleiteten Romanischen Gesellschaft in spanischer, italienischer, provenzalischer und altfranzösischer Sprache teilgenommen, desgleichen vom Wintersemester $18^{85}/_{86}$ an als ausserordentliches Mitglied des Kgl. deutschen Seminars an den von Herrn Prof. Dr. Zarncke und Herrn Privatdozent Dr. von Bahder geleiteten Übungen im Alt- und Mittelhochdeutschen. Im Wintersemester $18^{85}/_{86}$ nahm ich an den von Herrn Prof. Dr. Wülker veranstalteten altenglischen Übungen, sowie als ausserordentliches Mitglied an den Arbeiten des von Herrn Prof. Dr. Masius geleiteten Kgl. Sächs. Pädagogischen Seminars teil, dem ich von Ostern 1886 bis Ostern 1887 als ordentliches Mitglied angehörte. Allen den genannten Herren, insbesondere aber den hochverehrten Herren Proff. DDr. Ebert, Masius, Wülker, Zarncke und dem Herrn Privatdozenten Dr. Kœrting, sage ich auch an dieser Stelle für die mir zu Teil gewordene mannigfache Anregung, Unterstützung und Beratung bei meinen Studien meinen herzlichsten und wärmsten Dank.

INHALT.

	Seite
Bibliographie	VII—VIII
I. Das Leben Saint-Amant's	1—13
II. Die Werke Saint-Amant's	13
A. Die litterarische Entwicklung Saint-Amant's	13—14
B. Werke der I. Periode	14—15
1) Ernste Gedichte, zu denen der Stoff aus dem Leben des Dichters oder aus der Natur entlehnt ist	15—20
2) Gedichte, zu denen der Stoff aus Ovid entlehnt ist	20—24
3) Versuche auf dem Gebiete des Epos und des Romans	24—25
4) Die burleske Dichtung der I. Periode	25—33
C. Werke der II. Periode	33
1) Kleinere burleske Gedichte	33—39
2) *La Rome Ridicule*	39—44
3) *L'Albion*	44—47
4) Würdigung der burlesken Dichtung Saint-Amant's	47—49
5) Die Sonettendichtung Saint-Amant's	49—50
D. Werke der III. Periode	50
1) Kürzere Gedichte	50—51
2) *Moïse Sauvé*	51—70
3) *La Généreuse*	70—72

Bibliographie.

I. Werke allgemeineren Inhalts.

Albert, P., *La Littérature française au XVIIe siècle.* 6e éd. Paris, 1884.
Arnd, E., *Geschichte der französ. Nationallitteratur von der Renaissance bis zu der Revolution.* Berlin, 1856.
Babeau, *Les Bourgeois d'autrefois.* 2e éd. Paris, 1886.
Barrière, *La Cour et la Ville sous Louis XIV.* Paris, 1830.
Berblinger, *Das Hôtel Rambouillet und seine kulturgeschichtl. Bedeutung.* Rendsburg, 1873.
Bornhak, *Geschichte der französ. Litteratur.* Berlin, 1886.
Chasles, Philarète, *Etudes sur l'Espagne et sur les influences de la littérature espagnole en France et en Italie.* Paris, 1847.
Cousin, V., *La Société française au XVIIe siècle, d'après le, „Grand Cyrus" de Mlle de Scudéry.* 4e éd. Paris, 1873.
Fournel, V., *La Littérature indépendante et les écrivains oubliés au XVIIe siècle,* 2e éd. Paris, 1862.
—, —, *Le Vieux Paris.* Tours, 1887.
Guizot, *Corneille et son temps.* Paris, 1860.
Génelin, P., *La Société française au XVIIe siècle d'après les comédies de Molière.* Progr. d. Oberrealschule zu Triest. 1881.
Grässe, J. G. Th., *Lehrbuch einer allg. Literärgeschichte.* Dresden und Leipzig, 1837—1859.
Laharpe, J.-F. de, *Cours de littérature.* Paris, 1820, 1821.
Lenient, *La Satire en France au 16e siècle.* 2e éd. Paris, 1878.
Livet, Ch.-L., *Précieux et Précieuses. Caractères et mœurs littéraires au XVIIe siècle.* 2e éd. Paris, 1870.
Lotheissen, F., *Geschichte der französ. Litteratur im 17. Jahrhundert.* 3 Bde. Wien, 1883.
Mourgues, *Traité de la Poésie française.* Nouv. éd. Paris, 1724.
Marmontel, *Elémens de Litterature.* s. l. MDCCLXXXVII. (1787.)
Naudé, *Jugement de tout ce qui a esté imprimé contre le Cardinal Mazarin.* Paris, 1649.
Palissot, *Mémoires pour servir à l'hist. de notre littér. depuis François I jusqu'à nos jours.* Paris, An XI. — 1803.
Perrault, *Les Hommes illustres qui ont paru en France pendant le XVIIe siècle.* 2 t. Paris, 1701.
Sabathier de Castres, *Les 3 siècles de la littér. franç. depuis François I jusqu' en 1773.* 3 t. Amsterdam et Paris, 1774.
Sainte-Beuve, Ch.-A., *Causeries du lundi.* T. I—IX. 2e éd. Paris, s. a.
Somaize, *Le Dictionnaire des Précieuses.* Nouv. éd. par Livet. 2 t. Paris (Bibl. elz.), 1856.

Tallement des Reaux, *Historiettes*, p. p. MM. de Monmerqué et Paulin Paris. T. I—IX. Paris, 1856—60.
Viollet-le-Duc, *Catalogue des livres composant la Bibliothèque de M. V.-le-Duc.*, avec des notes. Paris, 1843.

II. Aufsätze, Abhandlungen, Artikel über Saint-Amant.

Baillet, Adrien, *Jugemens des Savans sur les principaux ouvrages des auteurs, revûs, corrigez, et augmentez par Mr. de la Monnoye.* Nouv. éd. *Augmentée de l'Anti-Baillet de Menage* ... Amsterdam, 1725. IV. 269.

Bibliographie universelle et moderne, redigiert von Michaud. Paris und Leipzig. Bd. 37. 250.

Biographie Universelle, ancienne et moderne. Paris, 1825. 39, 518.

Chaufepié, *Nouv. dictionnaire hist. et crit., pour servir de supplement ou de continuation au dict. hist. et crit. de Mr. Bayle.* Amsterdam, A la Haye, 1750. I, 274.

Desessarts, *Siècles littéraires de la France.* Paris, 1800. VI, 11.

Gautier, Theoph., *Les Grotesques.* Nouv. éd. Paris, 1859. V, 151—180.

—, —, in '*Les Poètes français, recueil des chefs d'œuvre de la poésie française*' ... Publié sous la direction de M. Eugène Crépet. Paris, 1861. II, 501.

Geruzez, *Dictionnaire de la Conversation et de la Lecture.* 2ᵉ éd. Paris. XV, 662.

Goujet, *Bibliothèque Françoise ou Hist. de la Littérature Françoise.* Paris, 1754. XVI, 329.

Hœfer, *Nouv. bibliographie générale depuis les temps les plus reculés jusqu'à nos jours.* Publiée par Firmin Didot Frères sous la direction de M. le Dr. Hœfer. Paris, 1863. 42, 1023.

Jœcher, Chr. Gottlieb, *Allgemeines Gelehrten-Lexikon.* Leipzig, 1751. IV, 34.

Livet, Ch.-L., '*Notice*', in den '*Œuvres Compl. de Saint-Amant*', Bibl. elzev. 2 Bde. Paris, 1855. I, V.

Menage, s. *Baillet.*

Nicéron, *Mémoires pour servir à l'histoire des hommes illustres.* Paris, 1731. XIV, 352.

Nouveau Dictionnaire Historique ou Histoire abrégée de tous les hommes qui se sont fait un nom par des Talens, des Vertus, des Forfaits ... par une Société de Gens de Lettres. Caen, 1789. VIII, 252.

Oursel, Mᵐᵉ N. N—, *Nouvelle Biographie Normande.* Paris, 1886. II, 453.

Benutzt wurde bei der vorliegenden Arbeit die Ausgabe der Werke Saint-Amants von Ch.-L. Livet. Paris. Chez Jannet. 1855. 2 volumes. — Auf diese Ausgabe beziehen sich auch die Angaben und Verweise im Texte.

I. Das Leben Saint-Amant's.

Über die Lebensumstände Saint-Amant's war uns bis vor 20 Jahren nur recht wenig urkundliches Material bekannt, und so sahen sich die Biographen unseres Dichters bei einer Darstellung seines Lebens, wenn sie nicht gerade auf die wenig zuverlässigen Berichte französischer Litterarhistoriker des 17. und 18. Jahrhunderts zurückgehen wollten, der Hauptsache nach nur auf die spärlichen Winke und Andeutungen angewiesen, die Saint-Amant in seinen Gedichten oder in den *Advertissements* zu denselben über sein Leben selbst macht. Auch Livet, dem wir eine recht gute Lebensbeschreibung unseres Dichters in seiner mustergiltigen Ausgabe von Saint-Amant's Werken verdanken, musste noch aus Mangel an Dokumenten das Geburtsjahr des Dichters z. B. nach einer Stelle in einem Gedichte (I, 461) bestimmen.

Erst als Gosselin in den sechziger Jahren die Archive Rouens dem Forscher zugänglich gemacht hatte, veröffentlichte Girancourt in der *Revue de la Normandie* vom Jahre 1867 in seinem Aufsatze über die *Verrerie de Rouen* eine Reihe von Dokumenten, die über Herkunft und Familie unseres Dichters ebenso sicheren als interessanten Aufschluss gewähren.

Marc-Antoine de Gérard, écuyer, sieur de Saint-Amant, wie der Dichter mit seinem vollen Namen in den offiziellen Privilegien des Königs zu seinen Werken stets genannt wird, ward zu Rouen 1594 geboren und am letzten September dieses Jahres durch die Taufe in den Schoss der Reformierten Kirche aufgenommen.[1] Trotz der doppelten Adelsbezeichnung stammte er aus einer bürgerlichen Familie ab.[2]

---

[1] *Revue de la Normandie*, 1867, p. 166, Anm. 3.
[2] Mit dem altadligen Geschlecht der *Saint-Amant*, die in verschiedenen Zweigen in Frankreich lebten (vgl. Imhoff, *Excellentium familiarum in Gallia genealogiæ*, Norimbergæ, 1687, II, p. 54), steht unser Dichter in keinerlei verwandtschaftlicher Beziehung. Den Dichternamen *Saint-Amant*, unter dem er den Zeitgenossen ausschliesslich bekannt war, mag er wohl der Abtei *Saint-Amant* in Rouen entlehnt haben.

In dem Aktenstück über die Taufe wird der Vater Anthoine Girard als *dyacre en l'église de Saint-Sever* bezeichnet; die Urkunde über seinen 1624 erfolgten Tod nennt ihn *ancien en l'eglise* und gibt die Zahl seiner Jahre auf 73 an, so dass er 1551 geboren wäre.[1]) Nach einer Mitteilung des Dichters (I, 379) befehligte sein Vater 22 Jahre lang ein englisches Geschwader unter Elisabeth und brachte 3 Jahre dieser Zeit in Konstantinopel als Gefangener zu. Nach seiner Verheiratung mit Anne Hatif, die wohl gegen 1593 stattgefunden haben mag, scheint er jedoch aus dem Dienste ausgeschieden zu sein, um sich als Kaufmann in Rouen niederzulassen. Der Umstand, dass er bald Ehrenämter in der Kirche bekleidet und im Besitz eines ansehnlichen Vermögens erscheint, lässt uns vermuten, dass er ein ehrenwerter, thätiger Mann war. Im Anfange des Jahres 1619 wenden sich Jean und Pierre d'Azémar an ihn, um ihn zum Teilnehmer an einer kaufmännischen Spekulation zu gewinnen.[2]) Sie waren nämlich mit de Garsonnet in Unterhandlung getreten, um ihm seine Glashütte und die damit verbundenen Rechte abzukaufen.[3]) Girard trat ihnen auch bei; er gewährte die nötigen Gelder und erhielt dafür die Hälfte des Reinertrages zugesichert; während die beiden d'Azémar die Fabrikation betrieben, lag unserm Girard der Verkauf der angefertigten Waren ob.[4])

Im November 1624 starb Girard.[5]) Die Privilegien, welche die beiden Azémar von Garsonnet erworben hatten, liefen 1626 ab, wurden ihnen aber durch Briefe des Königs auf weitere 12 Jahre[6]) und 1635 gar als in ihrer Familie erblich bestätigt.[7])

Anne Girard, geborene Hatif, überlebte ihren Mann um einige Jahre. Noch 1634 wird sie als lebend genannt, wo sie in ihrem Interesse und in dem ihrer Söhne, des *Marc-Antoine de Gérard, écuyer, sieur de Saint-Amant, demeurant en la duché de Retz en Bretagne* und des *Salomon de Gérard, écuyer, cornette-colonel d'un régiment de cavalerie en Allemagne* als Partei vor Gericht erscheint.[8])

Nach den Einträgen des *Greffe du tribunal de Rouen* in die

---

[1]) *Revue de la Normandie*, 1867, p. 168, Anm.
[2]) l. c. p. 162.
[3]) Der Kaufpreis ist ein für jene Verhältnisse recht hoher; er betrug *7500 livres tournois et une somme de 22307 livres 17 s 8 d, représentant le prix des „verres à boire et aultres, esmaulx, soulde, salin, fourneaux, ustensils"* etc. l. c. 162.
[4]) l. c. p. 162.
[5]) l. c. p. 168 Anm.
[6]) l. c. p. 165.
[7]) l. c. p. 172.
[8]) l. c. p. 167 Anm.

Registres de l'Etat civil des protestants des *Paroisse de Quevilly* wurden dem *marchand et bourgeois Anthoine Girard, qui avait habité la paroisse Saint-Vincent avant de se fixer à Saint-Sever* ausser unserm Dichter noch 2 Knaben und 2 Mädchen geboren, nämlich Guillaume (geb. am 7. Nov. 1595), Anne, Suzanne und Salomon (geb. am 16. März 1599).[1])

Während der Dichter seine Mutter und seine Schwestern nirgends erwähnt, spricht er an einer Stelle von seinen beiden Brüdern, ohne aber deren Namen zu nennen (I, 377—379). Wir erfahren hier, dass sie nach Beendigung ihrer Studien, getrieben von der Lust sich in der weiten Welt umzusehen und sich Ruhm zu erwerben, auf einem französischen Schiffe nach Ostindien segelten. Dieses ward jedoch beim Eingange ins Rote Meer von einem muhamedanischen Fahrzeuge angegriffen; es entspann sich ein wütender Kampf, in welchem der ältere Bruder (Guillaume) fiel;[2]) dem jüngeren (Salomon) gelang es, sich, mit vielen Wunden bedeckt, durch Schwimmen ans Ufer zu retten und nach mancherlei gefahrvollen Abenteuern nach Europa zurückzukehren. Er that nun Kriegsdienste in der Kavallerie des Grafen Mansfeld († 26. Nov. 1626) und später als Offizier eines französischen Regiments unter Gustav Adolf. Nachdem er schliesslich an verschiedenen Expeditionen des Grafen Harcourt als Kommandeur eines Kriegsschiffes teil genommen hatte,[3]) fiel er 1647 auf Kandia in rühmlichem Kampfe gegen die Türken als Oberst eines französischen Infanterieregimentes, welches im Dienste der Republik Venedig stand. Letztere ehrte den Toten durch ein Schreiben an seinen Bruder, unsern Dichter (II, 491). — Die jüngere

---

[1]) l. c. p. 166, 167.
[2]) Dieser Kampf muss in die Zeit zwischen 1620 und 1624 fallen. Guillaume wird in den Akten zum letzten Male am 14. August 1619 gelegentlich der Hochzeit seiner Schwester Anne genannt; in der Urkunde über den Prozess seiner Familie gegen die Azémar (8. Januar 1625) erscheint er nicht mehr (vgl. *Revue de la Normandie*, 1867, p. 168).
[3]) Livet vermutet, dass dieser Bruder identisch sei mit dem Chevalier de Montigny, der das Schiff Licorne unter Harcourt führte (vgl. *Correspondance de Henri d'Escoubleau de Sourdis*, herausgeg. von Sue, Paris 1839, I, pp. 36, 39, 293 etc.), ohne einen Beweisgrund anzuführen. Demgegenüber ist zu bemerken, dass der Name Montigny in den sehr ausführlichen Berichten über den Kretensischen Krieg (Vellajo, *La Guerra Cretense*. Bologna, 1847. — Rostagno, *Viaggi ... con la distinta relazione dei successi in Candia*. Florin, 1668. — Merian, *Das lange bestrittene Königreich Candia*. Frankfurt, 1670. — Brusoni, *Hist. dell'ultima guerra tra Veneziani e Turchi*. Venezia, 1673. — Valiero, *Hist. de la guerra di Candia*. Venetia, 1679. — Daru, *Histoire de la République de Venise*. Paris, 1819. — Romanin, *Storia documentato di Venezia*. Venezia, 1853 — u. a. m.) nicht ein einziges Mal vorkommt.

Schwester Suzanne scheint frühzeitig gestorben zu sein, wenigstens ist von ihr nie die Rede ausser in dem ihre Taufe betreffenden Aktenstücke. Von der älteren, Anne, wissen wir, dass sie im April 1619 mit Pierre d'Azémar, einem der beiden Geschäftsteilhaber ihres Vaters, ehelich verbunden ward.[1]) Als dieser Ende der dreissiger Jahre starb, hinterliess er der Wittwe ausser 10 unmündigen Kindern eine ansehnliche Schuldenlast, welche diese in arge Bedrängnis brachte; in ihrer Not wandte sie sich an den König *Louis le Juste*, der sie denn auch gegen unbequeme und bösartige Gläubiger schützte und mit den weitgehendsten Privilegien betraute in Anerkennung der grossen Dienste, welche ihr Gemahl dem Lande geleistet hatte, wie ausdrücklich hervorgehoben wird.[2])

In diesem Kreise wuchs denn unser Dichter auf. Aus seiner Knabenzeit wissen wir allein, dass er im Winter 1606 auf dem Eise der Seine einbrach und nur mit genauer Not dem Tode entging (II, 21). Im übrigen scheint er nicht schulmässig in die Gelehrsamkeit seiner Zeit eingeführt worden zu sein, wie seine beiden jüngeren Brüder, von deren *estudes* er ausdrücklich spricht (I, 377). Er bemerkt selbst von sich *ny mon grec ny mon latin ne me feront jamais passer pour pédant* (I, 12), und an einer andern Stelle äussert er, seine Werke seien von einer Feder geschrieben *qui n'a jamais passé sous la férule* (II, 148).

Waren somit die klassischen Sprachen und die Kenntnis ihrer Litteraturen nicht seine Stärke, so eignete er sich zum Ersatze das Italienische, Spanische und Englische an und war auch im Schrifttume dieser Sprachen wohl bewandert.[3]) In den Besitz der allgemeinen Bildung seiner Zeit setzte er sich durch die *conversation familière des honnestes gens* sowie durch eifrige Lektüre der Schriftsteller, die man damals bewunderte (I, 12). Auf diese Weise ward er gleichzeitig mit der griechischen und römischen Mythologie vertraut, die in seinen Werken eine grosse Rolle spielt. Auch die Prosaromane, deren Helden Personen der altfranzösischen Dichtung waren, scheint er gekannt zu haben; wenigstens erwähnt er *Artus et ses chevaliers, la Table ronde, l'antique Merlin* (II, 464), *Rolant* (I, 179) und dessen Schwert *Durandal* (I, 339), sowie *Flamberge*, das Schwert des ältesten der vier Haimonskinder, des *Rainault* von *Montauban* (I, 339). Ausserdem erweiterte er seinen geistigen Horizont durch grosse Reisen, die er in Europa, Afrika und Amerika gemacht haben

---
[1]) *Registres du tabellionnage de Rouen*, vgl. *Revue de la Normandie*, 1867, p. 163.
[2]) l. c. pp. 172, 173.
[3]) Chevraeana, Paris, 1697. p. 33.

will (I, 13). Dass Saint-Amant grosse gesellschaftliche Talente
besass, daran dürfen wir nicht zweifeln, bei den Grossen des
Landes war er gern gesehen, mit Vorliebe zogen sie ihn an ihre
Tafel, um sich an seinen lustigen Einfällen zu ergötzen oder
sich von ihm seine Gedichte vorlesen zu lassen, was er meisterhaft verstand.¹) Allein derselbe Gewährsmann, der uns dies berichtet, hebt gleichzeitig rühmend hervor, dass unser Dichter die
Freundschaft seiner vornehmen Gönner nie zu selbstischen Zwecken
missbrauchte. Dazu kommt noch, dass Saint-Amant für die Musik
eine recht glückliche Begabung hatte; an verschiedenen Stellen
in seinen Gedichten spricht er von seiner Kunst im Lautenspiel,
und um uns einen Begriff von dem lieblichen Sange der Nachti-
gallen zu geben, vergleicht er diesen mit dem Wohllaute der
Töne seiner Laute (II, 239).

So mit allen den Kenntnissen und Fertigkeiten ausgerüstet,
die damals die Bildung eines Mannes der besseren Gesellschaft
ausmachten, tritt uns unser Dichter in den zwanziger Jahren zunächst in Paris entgegen. Im Verein mit namhaften Dichtern
jener Zeit, mit Boisrobert, Théophile, Duvivyer und Sorel verfasste er die Verse zu dem *Ballet des Bacchanales*, welches am
26. Februar 1623 im Louvre getanzt ward.²) Da es aber für
eine hohe Vergünstigung galt, Verse zu Hofballeten liefern zu
dürfen, so können wir aus diesem Umstand füglich schliessen,
dass sich Saint-Amant schon zu jener Zeit einen guten Namen
als Dichter und eine gewisse Anerkennung errungen haben musste.
Darauf begegnen wir ihm im Gefolge des Herzogs von Retz, dem
er auch die ersten uns noch erhaltenen Erzeugnisse seiner Muse
widmet. Ein grosser Teil derselben entstand auf einer Besitzung
des Herzogs, der Insel Belle-Isle, die vor der Mündung der Loire
liegt. Hier in der ländlichen Stille, in der Zurückgezogenheit
von den rauschenden Vergnügungen des aufregenden Hoflebens
mag die warme Liebe zur Natur in der Brust des Dichters er-
wachsen sein, die so häufig aus seinen Gedichten spricht, und
die nur wenige Zeitgenossen mit ihm teilten. Nicht immer aber
herrschte diese Beschaulichkeit auf Belle-Isle; Retz führte ein
gastliches Haus, in welches des öfteren hochangesehene Herren
einzogen, wie Philippes Cospeau, der Bischof des nahegelegenen
Nantes, Gaston von Orléans, der Bruder des Königs, der Herzog
von Montmorency und andere mehr, mit denen Saint-Amant damals Bekanntschaften schloss. Dann wurden lärmende Festlich-
keiten veranstaltet und im vollsten Masse genoss man der Freuden

---

¹) Chevraeana, Paris, 1697. p. 33.
²) Livet, *Précieux et précieuses*. Paris, 1859. p. 348.

des Weins und des Mahles, denen Saint-Amant in seinen Versen begeisterten Ausdruck verleiht. Um diese Zeit hatte er die Stellung eines *commissaire ordinaire de l'artillerie de France* inne[1]), und in dieser Stellung jedenfalls begleitete er den Herzog auf dessen Kriegszügen. Er wohnte z. B. 1627 der Erststürmung der Insel Ré (bei la Rochelle) und 1628 der Einnahme von la Rochelle bei. Hier führte ihn das Geschick wieder mit Gaston von Orléans zusammen, der die Schöngeister liebte und einen grossen Hof von solchen um sich hatte. Damals hielten sich Baudoin, Faret, Bourbon, Théophile, Balzac, La Grange et Boissat *qui primaient alors*[2]) bei ihm auf, mit denen Saint-Amant in regen litterarischen Meinungsaustausch trat. Welch bedeutendes Ansehen er um diese Zeit, da der erste Teil seiner Gedichte in Druck erschien, genossen haben mag, geht daraus hervor, dass sich Louis XIII. 1630 an den Dichter mit dem ehrenden Auftrag richtet, ein Spottgedicht (II, 83) auf seinen Gegner, den buckligen Fürsten Karl Emanuel I. von Savoyen (1580—1630), abzufassen. Bei dieser Gelegenheit zeigt sich recht deutlich, wie selbst die allerhöchsten Kreise an solchen burlesk satyrischen Gedichten Freude fanden, ja sogar unmittelbar zur Entstehung derselben die Anregung geben.

1631 weilt Saint-Amant in England, welches er in einer *Ode à leurs Majestez de la Grand Bretagne* glücklich preist, weil es ewigen Frieden geniesst, während das übrige Europa in wilden Kriegsstürmen zittert und bebt. Aber schon 1633 zieht er von der nebelumfangenen Insel mit dem Marschall Créquy nach dem sonnigen Italien, nach Rom, und nur wenig später widerfuhr ihm die Auszeichnung, zugleich mit Bautru, Silhou, Sirmond, Bourzeys, Méziriac, Maynard, Colletet, Gomberville, Colomby, Baudoin, de l'Estoile und Porchères-d'Arbaud in die von Richelieu ins Leben gerufene Akademie aufgenommen zu werden.[3]) Freilich scheint der leichtlebige Dichter wenig Gefallen an den wissenschaftlichen Bestrebungen der gelehrten Körperschaft gefunden zu haben. Von der Verpflichtung, den statutengemässen Vortrag zu halten, wenn die Reihe an ihm war, liess er sich von vornherein entbinden, gegen das Versprechen, dass er die in der burlesk-komischen Dichtung verwendbaren Worte für das geplante Wörterbuch der Akademie zusammenstellen wolle.[4]) Dazu wäre Saint-Amant aller-

---

[1]) *Tabellionnage de Rouen*, 8. Januar 1625; vgl. *Revue de la Normandie*. Rouen, 1867. p. 168.
[2]) *Histoire de l'Académie fr*. par Pellison et d'Olivet. Paris, 1858. II, p. 81.
[3]) *Hist. de l'Ac. fr.* par Pellison et d'Olivet. Paris, 1858. I, p. 148.
[4]) l. c. I, p. 79.

dings der geeignetste Mann gewesen, denn in seinen Gedichten
bietet er eine so reiche Fundgrube burlesker Worte, wie wir sie
kaum anderswo wiederfinden. Jedoch scheint es bei dem Versprechen geblieben zu sein; wenigstens liegt heute keine Spur
mehr vor, die von irgend einer Fähigkeit des Dichters nach jener
Richtung hin Zeugnis ablegte; auch die Annalen der Akademie
schweigen darüber.

Da sich nach diesen Ausführungen Saint-Amant um die
Förderung der Interessen der Akademie kein nennenswertes Verdienst erworben hat, so darf es uns nicht wundern, dass bei
seinem Tode kein Glied der Körperschaft die obligate Lobrede
auf ihn hielt, wie wir andererseits in dem *Recueil des harangues
prononcées par Mess. de l'Acad. franç.*[1]) auch keiner Rede unseres
Dichters begegnen. Um die hochnotpeinlichen, langatmigen Unter-
suchungen, welche die Akademie über Wert oder Unwert der
französischen Worte führte, kümmerte sich Saint-Amant herzlich
wenig, und in betreff dieser kritischen Arbeiten äusserte er sich
(I, 331) ziemlich geringschätzig. Deshalb, und aus dem weiteren
Grunde, dass in der *Comédie de l'Académie* derselbe kecke,
burleske Geist weht wie in den Werken Saint-Amant's, erklärt
es sich wohl, dass man beim Erscheinen dieser *Comédie des
Académistes* zunächst unsern Dichter als Verfasser ansah,[2]) und
die *Pucelle de Gournay* vermass sich, trotz des lebhaften Pro-
testes seitens Saint-Amant's hoch und teuer, immer und immer
wieder zu behaupten, Saint-Amant sei der unbekannte Verfasser
jener lästerlichen Schmähschrift auf die hohe Gesellschaft; aber
auch bei dieser Gelegenheit hatte die gute Dame das Unglück,
tauben Ohren zu predigen, indem niemand ihren Worten Glauben
schenken wollte.[3]) Lange Zeit blieb man über die Autorschaft
im unklaren. Die einen dachten an den Grafen d'Etlan, die
anderen an Saint-Evremont.[4]) P. Bayle konnte auf seine direkte
Anfrage von Saint-Evremont nur ausweichende Antworten erhalten,[5]) bis endlich Des Maizeaux das Stück wieder auffand und
es mit voller Bestimmtheit dem Saint-Evremont allein beilegte.[6])

Wir verlieren nun den Dichter auf einige Jahre aus den
Augen. Allein nach den Gedichten jener Periode können wir

---

[1]) Seconde édition, Paris, J.-B. Coignard. 1714. 4 tomes.
[2]) *Hist. de l'Ac. fr.* I, p. 48.
[3]) l. c. I, p. 383.
[4]) Chevraeana. Paris, 1697. p. 307.
[5]) Bayle, *Lettres choisies avec des remarques par M. des Maiseaux.*
Amsterdam, 1729. Vgl. zwei Briefe: vom 18. August 1698 (II, 719) und
vom 16. Dezember 1698 (II, 747).
[6]) *Vie de M^r de St-Evremont.* Amsterdam, 1726. p. 15 ff.

vermuten, dass wichtige Ereignisse ihn nicht trafen. Den grössten
Teil seiner Zeit mag er dem *dolce far niente* gewidmet und mit
zechlustigen Freunden im *cabaret* bei *petun* und *piot* verbracht
haben. Mit Freuden begrüsste er daher eine Einladung des Grafen
Harcourt, der ihn *par lettres expresses et obligeantes* (I, 287)
zu sich rief, als er 1636 jene Expedition nach dem mittelländi-
schen Meere antrat, zu deren Leiter ihn Richelieu auserkoren
hatte. Der Zweck dieser mit grossem Aufwand in Szene gesetzten
Unternehmung war, den Spaniern die beiden Inselchen Sainte-
Marguerite und Saint-Honorat (an der Küste der Provence, un-
weit Cannes und Nizza) wiederzuentreissen. In dem tiefen, ge-
schützten Hafen der Insel Ré (vor la Rochelle gelegen) sammelte
sich das segelreiche französische Geschwader und stach nach
langem Warten auf günstige Winde am 23. Juni 1636 in See.[1]
Man schiffte längs der spanischen Küste hin, unbehelligt vom
Feinde und langte am 17. Juli vor Gibraltar an, nachdem man
sich vorher zwei Tage lang bei Kap Spartel auf afrikanischem
Boden aufgehalten hatte, um sich auf den nahen Kampf nach
Kräften vorzubereiten. So fuhr die stolze Flotte ins mittellän-
dische Meer ein, aber zu dem gehofften Gefechte sollte es nie
kommen. In der Begleitung des Harcourt befand sich auch
Faret, *cet illustre débauché, cette chère rime de cabaret*, der Busenfreund unseres Dichters. Harcourt, Faret und Saint-Amant schlossen
sich als alte Zechbrüder in enger Freundschaft aneinander und
feierten *à l'aspect des estoiles* manche festliche Orgie, bei der das
edle Blut der Reben in Strömen floss. Dabei führte jeder der
drei seinen Kneipnamen: Harcourt heisst *le Rond*, Faret *le Vieux*
und Saint-Amant *le Gros* (I, 287). Bei einem solchen Gelage,
le verre et non la plume à la main (I, 287), dichtete Saint-Amant
die ersten Strophen der *Passage de Gibraltar*, in welcher jene
Expedition in stolzen Worten gefeiert und die Pracht der Schiffe
ausführlich geschildert wird. Die Einnahme der Inseln sollte den
Franzosen doch nicht so leicht werden, als sie anfangs geglaubt
hatten; von Monat zu Monat zog sich die Belagerung hin; bald
drängte Louis XIII., bald Richelieu auf rascheres Handeln und
kühneres Vorgehen; Harcourt weiss bald ungünstige Winde, bald
Unwetter vorzuschützen.[2] Nachdem endlich am 6. Mai 1637
Sainte-Marguerite[3] und am 14. Mai auch Saint-Honorat ehren-

---

[1] *Correspondance de Henri d'Escoubleau de Sourdis*, éd. par M.
Eugène Sue. Paris, 1839. I, p. 12.
[2] *Corresp. de H. d'Esc. de Sourdis*, éd. par Sue. Paris, 1839.
Vgl. die Briefe *Louis'* auf pp. 138, 186, die *Richelieu's* auf pp. 139, 188,
282 des I. tome.
[3] l. c. I, p. 371.

voll kapituliert hatte,[1]) kehrte unser Dichter wieder nach Paris zurück, um sich nach einer geeigneten Beschäftigung umzusehen.

In einem kleinen Gedichte (II, 81) wendet er sich gegen Ende des Jahres 1637 an den Kanzler Séguier mit der Bitte, ihm ein *privilège de verrerie* gewähren zu wollen. Mit der Kunst des Glasblasens, *cet illustre et bel art de prince*, wie sie Saint-Amant (I, 336) nennt, waren zu jener Zeit ausserordentlich viele verarmte Adlige *(gentilshommes verriers)* beschäftigt; das Handwerk eines Glasmachers sah man damals nicht als ein gewöhnliches an; ein Adliger vergab sich durchaus nichts, wenn er es betrieb. Ja es war soweit gekommen, dass Bürgerliche, die dies Gewerbe ergriffen hatten, sich ohne weiteres einen Adelstitel beilegten, da sich im Volke geradezu die Meinung ausgebildet hatte, dass mit der Ausübung des *métier d'un verrier* der Adel verbunden wäre.[2]) Der leichte, vertraulich-scherzende Ton des letzterwähnten Gedichtes macht uns zur Genüge sicher, dass die Bitte nicht abgeschlagen werden konnte; so durfte denn Saint-Amant wenige Jahre später in dem Gedichte *Le Cidre* sagen:

*Il (Séguier) m'a fait avec de la cire
Une fortune de cristal.* (I, 336.)

Noch 1654 muss Saint-Amant *gentilhomme verrier* gewesen sein; denn vom 5. März dieses Jahres ist uns ein Brief von ihm erhalten, der aus der *verrerie à Rouen* an Bochart gerichtet ist (II, 329).

Man könnte denken, Saint-Amant habe sich nach Ruhe gesehnt, als er jenes Bittgedicht abfasste; vielleicht auch, dass er ein eignes Haus zu begründen im Sinne hatte! Nichts von alledem! Der Geist des Dichters war zu unstät, als dass er sich lange an einem Ort, bei einer Beschäftigung hätte aufhalten können, seine Liebe zur Freiheit zu gross, als dass er sich durch die lästigen Fesseln einer Ehe dauernd hätte binden können. Wohl ist sein Herz der Liebe zugänglich und unter ihrem Einflusse nimmt sein Denken und Sinnen eine ganz andere Richtung:

*Mon esprit a changé d'habit:
Il n'est plus vestu de reveche;
Il se raffine et se fourbit
Aux yeux de ma belle cheveche.* (I, 177.)

Auch seine äussere Lebensart hat sich unter ihrer Einwirkung wesentlich verändert:

---

[1]) l. c. I, p. 380.
[2]) *Gilles André de la Roque: Traité de la Noblesse, de ses différentes espèces, de son origine* ... Paris, chez Michallet. MDCLXXVIII, p. 436.

> *Je me fay friser tous les jours,*
> *On me relève la moustache;*
> *Je n'entrecoupe mes discours*
> *Que de rots d'ambre et de pistache;*
> *J'ay fait banqueroute au petun;*
> *L'excès du vin m'est importun;*
> *Dix pintes par jour me suffisent;*
> *Encore, ô falotte beauté*
> *Dont les regards me déconfisent*
> *Est-ce pour boire à ta santé!* (I, 178.)

Doch verfliegt seine Neigung ebenso rasch wieder als sie gekommen:

> — *Dans mon inconstance extresme,*
> *Qui va comme un flus et reflus,*
> *Je n'ay pas si-tost dit que j'ayme,*
> *Que je sens que je n'ayme plus.* (I, 131.)

Als 1638 Adam Billaut, der poetische Tischlermeister von Nevers, nach Paris kam, unterliess er es nicht, dem von ihm leidenschaftlich verehrten Saint-Amant seinen Besuch abzustatten. Dieser zog in den folgenden Jahren abermals mit Harcourt zu Felde und nahm an dessen Kriegszügen in Piemont (1639), an den Kämpfen bei Cazal und Ivrea teil. Nach einem kurzen Aufenthalt in Rom (1643), wo die Kaprice *La Rome Ridicule* entstand, folgte er seinem Freunde Harcourt nach England (1644), um das Jahr darauf nach Paris zurückzukehren. In einem Liede, welches Saint-Amant um diese Zeit dichtete, machte er sich über die Misserfolge des Prinzen von Condé lustig, weshalb ihn dieser 1646 überfallen und derb durchprügeln liess.[1]) 1647 treffen wir ihn in Collioure, einem Seehafen (I, 417, Note) in Roussillon; hier dichtete er die *Epistre Diversifiée à M. Desnoyers* und spricht darin schon ziemlich bestimmt den Plan aus, sich an den polnischen Königshof zu begeben, mit dem er seit kurzem in genaue Beziehung getreten war. Marie Louise von Gonzaga nämlich hatte sich 1645 mit Ladislaus Sigismund, König von Polen, und nach dessen baldigem Tode (1649) mit seinem Bruder Casimir vermählt. An ihrem Hofe in Warschau stand ein Freund Saint-Amant's, der Herr von Marolles, abbé de Villeloin, in hohem Ansehen, und auf sein Verwenden geschah es, dass sie 1645 Saint-Amant unter die Zahl ihrer Kammerherren aufnahm, und, was für den Dichter wichtiger war, ihm eine Pension von 3000 livres verlieh.[2]) Um sich für diese Beweise königlicher

---

[1]) Vgl. eine Note zu dieser Chanson, die sich in der *Bibliothèque du Louvre* (F 114, 1, p. 275) befindet und die Livet im *Bulletin du Bibliophile*, Paris, 1852, p. 1028, mitteilt.

[2]) *Mémoires de Michel de Marolles, abbé de Villeloin.* Paris, 1656. p. 167.

Huld erkenntlich zu zeigen, geht Saint-Amant mit allem Eifer an die Vollendung seines *Moÿse Sauvé*, den er der Königin zuzueignen gedachte. So finden wir ihn 1648 in Prinçay, einer Besitzung seines alten Gönners, des Herzogs von Retz, in voller poetischer Thätigkeit. Am Ende des Jahres ist seine Dichtung beinah vollendet, und 1649 tritt er die Reise nach Polen an, sie seiner Gönnerin zu überreichen. In Saint-Omer in Flandern wird er von der spanischen Besatzung gefangen genommen, nur seine Eigenschaft als *gentilhomme de la Chambre de la Reine de Pologne* befreit ihn aus den Händen der Feinde.[1]) Die weitere Reiseroute lässt sich recht genau in seinem Gedichte *La Polonaise* (II, 30 ff.) verfolgen: über Hamburg führt sein Weg nach Lübeck, von da nach Wismar, Rostock, Stettin, Danzig, Thorn, wo er das Grabmal des Copernicus aufsucht. Einige weitere Reisetage bringen ihn nach Warschau, wo seiner am Königshof eine ausserordentlich freundliche Aufnahme wartete. Marie Louise verwandte ihn auch in diplomatischen Geschäften, wie sie ihn z. B. 1650 nach Stockholm sandte, damit er sie bei der Krönung der Königin Christine verträte.[2]) Als diese im Jahre 1658 die französische Akademie besuchte und sich bei dieser Gelegenheit deren Mitglieder vorstellen liess, erkannte sie denn auch unsern Saint-Amant sofort wieder.[3])

Saint-Amant hatte daran gedacht, sich dauernd in Warschau niederzulassen; er wollte sogar die polnische Sprache erlernen und seine Gedichte in diese übertragen (I, 430). Aber nur zu bald fühlte sich der ruhelose Dichter am polnischen Königshofe nicht mehr behaglich; mit tausend Banden zog es ihn zurück nach Paris. 1651 brach er wieder nach seinem Vaterlande auf, musste aber unterwegs mit seinem Schiffe ungünstiger Winde halber 14 Tage lang an der Mündung der Maass, gegenüber dem festen Helvoetslus liegen (II, 77). Den Rest seines Lebens verbrachte er teils in Paris, teils in Rouen in beschaulicher Zurückgezogenheit, aber immer noch in eifriger litterarischer Arbeit. Vor allem fällt in diese Zeit die Umarbeitung seines *Moÿse Sauvé*. War auch die Kraft des Körpers durch die Ausschweifungen der Jugend, besonders aber durch die vielen damals noch so beschwerlichen und aufreibenden Reisen gebrochen, die Frische des Geistes hatte sich der Dichter doch zu wahren gewusst.

---
[1]) Vgl. *Epistre à la Reine de Pologne*, die in den alten Drucken vor dem *Moÿse Sauvé* steht, von *Livet* aber nicht abgedruckt ist. — Vgl. auch *la Polonaise*, II, p. 26.
[2]) Tallemant des Réaux, *Historiettes*, Paris, s. a. IV, p. 187
[3]) *Menagiana, ou Bons mots, Pensées Judicieuses et Observations Curieuses de M. Menage*. Amsterdam, 1693. p. 278.

Dass Saint-Amant in so bettelhafter Armut gelebt habe, wie es Boileau in seiner ersten Satire[1]) hinstellt, ist entschieden übertrieben. Die Königin von Polen erhielt ihm vielmehr ihre Gunst bis an sein Lebensende, und die vielen hohen Verbindungen, welche Saint-Amant hatte, werden ihn sicher vor einem Übermass der Not geschützt haben. Von Not ist auch in seinen Gedichten nie die Rede; im Gegenteil, in der *Epistre à l'abbé de Villeloin* vom Jahre 1654 sagt er ausdrücklich, seine Kasse sei gefüllt durch die Güte der Königin und habe Not nie gekannt (II, 45, 46). Noch 1658 spricht er in der *Polonaise:*

Nargue du sort indigent!
Mon pié marche sur l'argent. (II, 28.)

Seine letzten Lebenstage brachte der Dichter in Paris zu; er wohnte in der Rue de Seine (nicht fern vom Hause Chevreau's, der uns dies berichtet,[2]) bei seinem ehemaligen Wirte Monglas, einem rechtschaffenen, biederen Manne, mit dem er seit langen Jahren auf freundschaftlichem Fusse stand. Am 27. Dez. 1661, nachdem wenige Tage vorher Monglas beerdigt worden war, verfiel der Dichter in eine schwere Krankheit, von der er nicht wieder erstehen sollte. Am 29. Dezember 1661, kurz vor Mittag, an einem Donnerstage, schloss er seine Augen für immer; in seiner letzten Stunde empfing er die Sakramente aus der Hand des Abbé de Villeloin, seines Freundes.[3]) Die Stätte, wo seine Gebeine zur ewigen Ruhe bestattet wurden, kennen wir nicht; die handschriftliche Notiz, die uns über seinen Tod berichtet, bricht unvollendet ab mit den Worten: *Il est inhumé à . . .*[4]) Bereits am 30. Dezember 1661 widmet Jean Loret in seiner *Muse historique* dem Entschlafenen einen poetischen Nachruf, den wir hier mitteilen wollen:

Cet Esprit, qui de bonne grace
Courtizoit les sœurs du Parnasse,
Cet illustre et fameux Normand,
Ce bon Monsieur de Saint-Amand,
Dont la Muze gaillarde et belle
A rendu sa gloire immortelle,
Passa, l'autre jour, par les mains
De Clothon, l'horreur des Humains.

---

[1]) Boileau, *Satire* I, v. 94.
[2]) *Chevraeana*, Paris, 1697. p. 34.
[3]) Wir müssen einen Übertritt Saint-Amant's, der ja, wie wir gesehen, von protestantischen Eltern abstammte, zum Katholizismus annehmen. Wann und aus welchen Gründen dieser aber stattgefunden hat, ist uns unbekannt; letztere werden jedenfalls mehr praktischer Natur gewesen sein.
[4]) Sie befindet sich in der *Bibliothèque du Louvre*, F 2398², mitgeteilt von Livet, *Bulletin du Bibliophile*. Paris, 1852. p. 1030.

Sa Muze estoit d'un noble estage,
Ayant fait pour dernier Ouvrage
Sur la Naissance du Daufin,[1]
Un Poëme excelent et fin,
Et de Construction charmante,
Intitulé Lune Parlante
Que l'on vend [je croy] chéz Sercy;
Duquel Ouvrage, jusqu'icy.
On m'a dit que la Renommée
N'est pas encore beaucoup sémée,
Mais qui doit bien plaire au Lecteur,
Puis qu'il vient de ce rare Autheur.
C'est, donc, une Place vacante
Parmy cette troupe sçavante,
Dont le jugement, aujourd'huy,
Décide des œuvres d'autruy,
Et travaille, avécque courage,
A corriger nôtre langage.
Après son lugubre trépas,
On ne dézigne encore pas,
A quel homme de grand merite
On garde la Place susdite:
Mais je jurerois bien ma foy
Que ce ne sera pas pour moy.[2]

Von dem letzten Gedichte Saint-Amant's, welches Loret hier anführt und als *excélent et fin* bezeichnet, ist bis jetzt weder eine Abschrift noch ein Druck aufgefunden worden. Ob ein solcher überhaupt jemals existiert habe, ist zweifelhaft; Loret scheint selbst in diesem Punkte nicht hinreichend unterrichtet gewesen zu sein, wie aus dem *je croy*, welches er seiner Bemerkung parenthetisch hinzufügt, zur Genüge ersichtlich ist.

II. Die Werke Saint-Amant's.

A. Die litterarische Entwickelung Saint-Amant's.

In Bezug auf die litterarische Entwickelung unseres Dichters lassen sich ziemlich genau drei Perioden unterscheiden, von denen die mittlere zeitlich den grössten Umfang hat.

Die erste ist die der Nachahmung. Stil und Diktion, sowie Wahl der behandelten Stoffe und Anlage der Gedichte zeigen,

---

[1] geb. am 1. November 1661.
[2] Jean Loret, *La Muze historique ou Recueil des Lettres en vers contenant les Nouvelles du Temps, écrites à son Altesse M*[lle] *de Longueville, depuis Duchesse de Nemours.* Nouvelle édition par Livet, 1878. III, 52. Mit seiner letzten Behauptung (*Mais je jurerois . . . pour moy*) hatte sich Loret nicht geirrt; denn auf den durch Saint-Amant's Tod erledigten Sitz in der Akademie ward als Nachfolger Caßsagnes berufen. (*Hist. de l'Acad. fr.* p. Pellisson et d'Olivet. Paris, 1858. II, 145.)

dass Saint-Amant noch in den Bahnen der Plejade wandelt, dabei aber nicht unerheblich von Marini und dem Hôtel de Rambouillet beeinflusst wird. Wann wir den Beginn dieser Periode anzusetzen haben, lässt sich nicht mit Sicherheit angeben; soviel aber steht fest, dass die Gedichte, welche in der *editio princeps* an der Spitze stehen, nicht die frühesten Erzeugnisse seiner Muse sein können. Dazu sind sie formell schon viel zu vollendet; dazu tritt der Dichter in ihnen mit allzu grossem Selbstbewusstsein und starkem Selbstgefühl auf, dass nur auf der Anerkennung beruhen kann, die frühere Werke von ihm, die uns allerdings nicht mehr vorliegen, im Publikum oder wenigstens in den damals tonangebenden Kreisen, gefunden haben müssen. Ihren Abschluss findet diese Periode, in welcher Saint-Amant zumeist ernste Stoffe behandelt, gegen 1629, in welchem Jahre der erste Teil seiner Gedichte in Druck erschien.

Von da an treten die ernsten Stoffe, denen sich Saint-Amant in der ersten Periode mit Vorliebe zuwandte, fast ganz zurück. Der Dichter hat das Joch und den Zwang, den ihm die am Hofe sanktionierte Poesie auferlegte, abgeschüttelt und sich ganz in das Heerlager der burlesken Muse begeben. Wir sehen ihn hier in selbständigem Schaffen, frei von fremden Einflüssen, frei namentlich von der Prüderie der Preziösen und von der subtilen Manieriertheit des Marini. Den Höhepunkt bezeichnen die beiden Capricen *La Rome Ridicule* (1643) und *L'Albion* (1644). In den Gedichten dieses Abschnittes hat auch die Sprache allenthalben einen individuellen Charakter; sie ist frisch und lebendig, von hinreissender Kraft und ungestümem Drange. Diese Periode reicht ungefähr bis ans Ende der vierziger Jahre.

In der nun folgenden Zeit lenkt Saint-Amant allmählich wieder in ruhigere Bahnen ein. Er wendet sich jetzt wieder vorzugsweise ernsten, zum Teil sogar religiösen Stoffen zu, und nur selten und dann auch nur in schwächerer Glut flackert noch einmal das Feuer der zweiten Periode auf. In diesen letzten Abschnitt fällt die Entstehung des *Moÿse Sauvé* sowie verschiedener anderer epischer Gedichte, welche die Gebrechen, die Alterswerken insgemein anzuhaften pflegen, stellenweise recht empfindlich zu Tage treten lassen.

B. Werke der I. Periode.

Die Gedichte, welche der I. Periode entstammen, lassen sich in ernste und in burlesk-humoristische gruppieren. Die ersteren wiederum, welche in ästhetischer Hinsicht den bei weitem höheren Wert haben, und die der Zahl nach überwiegen, zerfallen in solche, bei denen der Dichter seine Stoffe aus seinem Leben oder der ihn umgebenden Natur entnahm, und solche, zu denen ihm Ovid Sujet und Muster lieferte.

1) Ernste Gedichte, zu denen der Stoff aus dem Leben des Dichters oder aus der Natur entlehnt ist.

Eins der frühesten uns überlieferten Gedichte unseres Saint-Amant, welches die Bewunderung aller seiner Zeitgenossen höchlichst erregte und von allen, die es erwähnen, mit dem grössten Lobe genannt wird, ist seine *Ode an die Einsamkeit* (I, 21). — Der Dichter selbst war nicht wenig stolz auf dieses Werk, welches von vielen französischen Dichtern seiner Zeit nachgeahmt ward und so eine ganze Reihe von *Solitudes* hervorrief.[1]) In einer *Elégie sur ce que l'on avoit mal imprimé ma Solitude* nennt er es *honneur de mon estude, mon noble coup d'essay, ma chère solitude* (I, 18). Er führt uns in demselben weit weg vom Geräusch der Welt in eine entlegene, einsame Gegend, deren Friede seiner Seele so wohl thut. Das Rauschen uralter Baumwipfel, der süsse Sang der Vögel, das ungestüme Brausen der Waldbäche und das geschäftige Treiben der Tiere, die hier in Sicherheit sind vor der Mordlust der Menschen, bringen seine unstäte Seele zur Ruhe, indem sie ihr das Glück der Zufriedenheit gewähren. Mit Vergnügen ruhen seine Augen auf den Trümmern einer alten Burg, in deren Innern Kobolde und Gespenster nächtlicher Weile ihr grauses Spiel treiben und den seltsamen Geisterreihen schlingen, zu dem ihnen das Käuzchen mit seinem bangen Schrei aufspielt. Das Unheimliche der Situation wird noch vermehrt durch ein Gerippe, welches an dem morschen Balkenwerke hängt; es stammt von einem Verliebten her, der sich das Leben nahm, da seine Angebetete seine Neigung nicht erwiderte. Zur Sühne für dies Verbrechen umschwebt sein Schatten mit langgezogenen Klage-

---

[1]) In französischen Versen ahmten die *Solitude* Saint-Amant's nach:
Theoph. de Viaud: *Œuvres*, Paris, MDCXXX, I, 189—195: *La Solitude*.
Dalibray: *Œuvres poétiques*. Paris, 1653. p. 41: *L'Horreur du Desert. Imitation de la Solitude de M. de S.-Amant*.
Arnauld: *Œuvres Diverses de M. A. d'Andilly*. 3 tomes. Paris, 1675. I, 39: *Ode sur la Solitude*.
Pierre de Villiers: *Poésies*. Nouv. éd. Paris, MDCCXXVIII, p. 513. *Sur la Solitude de la Campagne*.
Chaulieu: *Œuvres diverses*. Amsterdam, 1733. I, p. 51. *Les Louanges de la Vie Champestre*.
In lateinischen Hexametern ahmt die *Solitude* nach:
Bussieres, Joannis de, è Societate Jesu Scanderbegus, *Pœmata - Editio altera longe emendatior* etc. s. l. 1662, und zwar im 2. Teile, den *Carmina raria*, p. 45 (bei vollständiger Seitenzählung).

tönen zu mitternächtlicher Stunde das klappernde Gebein. Von der Höhe des Berges aus erblickt der Dichter die weite Meeresfläche, deren Wogen eine zweite, nicht minder glänzende Sonne abspiegeln. Mit einem Concetto schliesst das Gedicht. Saint-Amant sagt nämlich, dass er die Einsamkeit liebe, weil sie Bernières (dem er *ce fantasque tableau* [I, 26] widmet) auch liebe. Aber aus demselben Grunde hasse er sie auch, da sie ihm das Glück entzöge, den Freund zu sehen und ihm dienstlich zu sein.

In dieser *Solitude* finden sich viele recht anmutige Stellen, aus denen der Sinn des Dichters für die Natur und seine Vertrautheit mit ihr warm und offen hervorspricht. Und in dieser Beziehung steht er ja auch isoliert da; denn was wir an Naturschilderung aus jener Zeit haben, ist doch alles mehr das Produkt nüchterner Verstandesreflexion als das Erzeugnis unmittelbaren seelischen Empfindens. Während das Gros der damaligen Dichter die Natur nur durch das Medium früherer Gedichte erblickte, zeichnet Saint-Amant direkt nach ihr, wie auch aus seinen eigenen Worten hervorgeht:

> *Tout ce qu'autrefois j'ay chanté*
> *De la mer, en ma Solitude,*
> *En ce lieu m'est représenté,*
> *Où souvent je fay mon estude.* (I, 34.)

Saint-Amant hat es hier verstanden, Töne anzuschlagen, die wir erst viel später, als der Natursinn erwacht war, von der romantischen Schule wieder hören.

Neben den vielen Nachahmungen, welche — wie schon oben bemerkt ward — die *Solitude* erfuhr, und die sich in keiner Weise mit dem Originale messen können, hatte diese auch die Ehre, in fremde Sprachen übersetzt zu werden. Ins lateinische ward die *Solitude* übertragen von einem gewissen P. Colignac (Golignac) und zwar in recht steifen Hexametern.[1]) Die nämliche Übersetzung treffen wir dann neben dem Abdruck des Originals wieder in den *Parerga sive Horae subcessivae*[2]) des berühmten Arztes Bachot, der sie wunderbarer Weise als sein Werk ausgiebt, obgleich er an Colignac's Arbeit nur ganz geringfügige Wortänderungen und einige unbedeutende Umstellungen vorgenommen, sowie eine Strophe ausgelassen hat, deren französisches Original die *Solitude* in Livet's Ausgabe gleichfalls nicht aufweist. Aus den *Parerga* ward die lateinische Übersetzung schliesslich

---

[1]) Diese Übersetzung findet sich in den: *Orationes R. P. Joannis Anthelmii sacerdotis Religiosi Congregationis Doctrinae, cum aliis operibus aliorum P. P. ex eadem Congregatione.* Paris, chez Blaisot, 1662. p. 329 ff.

[2]) Paris, 1686, chez Martin.

von Saas in seinen *Fables choisies de M. de Lafontaine, traduites en vers latins, et autres pièces de poésie latines et françoises*[1]) ebenfalls neben dem Original abgedruckt. Die lateinische Übersetzung besteht aus 160 Hexametern, so zwar, dass jeder der 20 aus je 10 Achtsilblern bestehenden Strophen des Originals 8 Hexameter der Übersetzung entsprechen.

Eine zweite Übersetzung oder besser eine Bearbeitung, welche mir bekannt worden ist, erfuhr die *Solitude* durch einen Deutschen, den Freiherrn Assmann von Abschatz (1646—1699), denselben, der auch den *Pastor fido* des Guarini und einen *Sonettenkranz* des Alessandro Adimari ins Deutsche übertrug. Abschatz hatte nach seinem Studium längere Reisen durch Holland, Frankreich und Italien gemacht und mag so die Werke der damaligen Dichter kennen gelernt haben. Seine Bearbeitung der *Solitude* findet sich in seinen *Poetischen Übersetzungen und Gedichten*[2]) und trägt hier die Überschrift: *Die angenehme Wüsteney St. Amant's*. Mag Abschatz nun eine der damals häufigen Raubausgaben vor sich gehabt haben, über die Saint-Amant in einer Elegie (I, 17) klagt, und die das Gedicht in sehr verstümmelter, verkürzter Gestalt bot, oder mag er sein Gedicht nicht direkt nach der Vorlage, sondern nur aus der Erinnerung verfasst haben, kurz, die *Übersetzung* des Abschatz umfasst nur Strophe 1—8, 11 und 12 des Originals; er folgt wohl dem Gedankengang des französischen Vorbilds, führt aber ganz nach seiner Weise aus und weiss dem Gedicht selbst eine national-deutsche Färbung zu geben, so dass es recht wohl als Originalwerk angesehen werden könnte. Es ist in 22 sechsversigen Strophen abgefasst, deren 1. Vers aus 5, die übrigen aus 4 Jamben bestehen. Das Reimschema ist abbacc. Abschatz hat oft aus 1 Strophe des französischen Originals 2, selbst 3 neue geschaffen. Um eine Probe der beiden Übersetzungen zu geben, will ich hier die beiden ersten Strophen Saint-Amant's mit den entsprechenden der beiden Übersetzungen zusammenstellen:

Saint-Amant's Original.

1) *Que j'ayme la solitude!*
Que ces lieux sacrez à la nuit,
Esloignez du monde et du bruit,
Plaisent à mon inquietude!
Mon Dieu! que mes yeux sont contens
De voir ces bois, qui se trouverent
A la nativité du temps,
Et que tous les siecles reverent,

---

[1]) *Nouvelle édition.* Anvers, 1761. p. 170 ff.
[2]) Leipzig und Breslau, MDCCIV, p. 72 ff.

Estre encore aussi beaux et vers,
Qu'aux premiers jours de l'univers!

2) Un gay zephire les caresse
D'un mouvement doux et flatteur,
Rien que leur extresme hauteur
Ne fait remarquer leur vieillesse.
Jadis Pan et ses demy-dieux
Y vindrent chercher du refuge,
Quand Jupiter ouvrit les cieux
Pour nous envoyer le deluge,
Et, se sauvans sur leurs rameaux,
A peine virent-ils les eaux.

Bearbeitung des Abschatz.

1) Wiewohl schlägt mir die öde Gegend zu!
Diss brauner Nacht geweyhte Feld,
Entfernet vom Geschrey der Welt,
Ist meiner Unruh süsse Ruh:
Diss Thal, darinn ich mich verborgen,
Ist ein Begräbniss meiner Sorgen.

2) Mein Auge schaut hier mit Vergnügen an
Der dick-belaubten Bäume Schaar,
Darvon so mancher gleiche Jahr
Mit Welt und Erde zählen kann,
Den seiner Faunen Gunst bewahret
Und biss auff diese Zeit gesparet.

3) Die frische Lufft spielt um ihr stoltzes Haubt,
Und Zephyr küsst sie Tag und Nacht,
Nichts als der hohe Wipffel macht
Ihr greises Alterthum beglaubt:
Wie sie den ersten Tag geschienen,
So sieht man sie noch heute grünen.

Lateinische Übersetzung bei Colignac.

Dulces secessus, et amica silentibus umbris
O secreta! procul turbis ac limine regum
Quâ mihi sollicitam recreatis imagine mentem
Ut juvat haec, superi! nemorum spectare vireta,
Olim qua teneris aderant natalibus aevi,
Et quae tot retro lubentia secula rerum
Mirantur laetos ostendere frondis honores,
Quales à primo natura indulserat ortu!

Aspice, ut haec blandâ mulcere Favonius aurâ
Laetus amat! simul haec ut idonea sola superstit
Arguere annosos procera cacumina truncos.
Semideos olim Faunos et Pana fugacem
Huc memorant dubiae quaesisse salutis asylum,
Illuvium terris caelo cùm effudit aperto
Jupiter: accepti nam tum ramalibus altis
Vix vidisse feruntur aquas mundumque natantem.

Varianten bei Bachot (Saas).

... turbis populique tumultu,
Quae mihi ...

... suecula ...

Dulcis ut haec blandâ ...
Et quam laetus amat, cernis, ut summa laborant

... terris cum caelo effudit ...
Juppiter ...

Wie die *Solitude*, so entstand auch das Gedicht *Le Contemplateur* auf Belle-Isle, einer kleinen, 17 Meilen westlich von Nantes gelegenen Insel, wo Saint-Amant im Gefolge des Herzogs von Retz weilte und fröhliche Tage verbrachte. Der Bischof von

Nantes, Philippe Cospeau, forderte unsern Dichter einst auf, er möchte ihm seine Lebensweise schildern, und Saint-Amant kam diesem Wunsche in dem eben erwähnten Gedichte nach. Berühren uns die einleitenden Strophen nicht gerade sympathisch einerseits wegen der gesuchten Schmeicheleien, mit welchen der geistliche Würdenträger überhäuft wird, andererseits wegen des in ihnen ziemlich stark zu Tage tretenden Selbstgefühls des Dichters, so söhnen uns doch der sanfte Fluss der Verse, die grosse Mannigfaltigkeit lieblicher Bilder und der schöne, edle Ausdruck, den Saint-Amant zur Wiedergabe einfacher wie erhabener Gedanken zu finden weiss, gar bald wieder mit ihm aus. Von dem Gipfel eines Berges aus überschaut der Dichter das zu seinen Füssen liegende Land und knüpft an einzelne, besonders in die Augen stechende Gegenstände und Objekte die Fäden seiner Betrachtung an, um sie bald weiter auszuspinnen, bald auch kurz abzureissen. Philosophische Gedankenreihen und nebelhafte Phantasiegespinste, lyrische Herzensergüsse und religiös-dogmatische Reflexionen folgen in angenehmer Abwechslung auf einander und legen Zeugnis ab für die poetische Gestaltungsgabe und Gedankenfülle Saint-Amant's, für die Schärfe seines beobachtenden Geistes und die Innigkeit und Wahrheit seiner Empfindung. Deshalb zieht auch Livet diese Dichtung allen anderen Gedichten, insonderheit auch der vielgefeierten *Solitude* vor.[1]

Recht anschaulich und stellenweise nicht ohne eine gewisse komische Färbung schildert das Gedicht *les Visions* (I, 83) die schlaflosen Nächte, die Saint-Amant (wahrscheinlich infolge allzustarken Weingenusses) hat, und in denen ihm Geister und Schreckensgespenster aller Art erscheinen. Es zeigt, wie tief damals noch der Glaube an solche Spukgeschichten im Volke wurzelte. Bilder ähnlichen grausenhaften Inhalts entwirft uns Saint-Amant in dem Gedicht *la Nuict* (I, 95), wo er zugleich — wie die provenzalischen Troubadours in ihren *serenas* — seiner Sehnsucht nach der hereinbrechenden Nacht und der Zusammenkunft, die ihm die Geliebte für diese Frist verheissen, Worte verleiht. Durch eine frische, ansprechende Darstellung hebt sich das Gedicht *la Pluye* (I, 92) hervor; der Dichter zeichnet uns hier zunächst eine durch anhaltende Trockenheit ausgedörrte Gegend, um darauf die segensreichen, wohlthätigen Wirkungen eines plötzlich eingetretenen Regens auf Menschen, Vieh und Erdreich zu schildern. Einige *Elegien*, in denen der Dichter Geliebten feiert, sind in dem gespreizten und unnatürlichen Stile gehalten, der im Hôtel Rambouillet gang und gäbe

---

[1] Livet, *Notice* z. d. Œuvres de Saint-Amant. I, p. XIV.

war; weit mehr sagt uns hingegen das Gedicht *la Jouissance* (I, 110) zu, da hier die Liebesempfindung wahrer zum Ausdruck gebracht wird und auf einem wirklichen Verhältnisse zu beruhen scheint.

Wie dann schon in der Biographie angedeutet ward, hat Saint-Amant zu wiederholten Malen Texte zu Hofballeten geliefert; es ist klar, dass die hierher gehörigen Gedichte *Bacchus conquérant* (I, 127), *Junon à Paris* (I, 129) und *le Sorcier amoureux* (I, 130) ganz in dem am Hofe offiziellen Tone der Steifheit und Galanterie aufgehen und sonach in keinerlei Weise unsern Beifall erhalten können.

2) Gedichte, zu denen der Stoff aus Ovid entlehnt ist.

In verschiedener Beziehung sind für uns von grösserem Interesse einige Gedichte, zu denen der Stoff aus *Ovid* entlehnt ist, die aber in der Art der Ausführung recht sehr an Marino erinnern. Sie liefern gleichzeitig den Beweiss, dass Saint-Amant noch den Spuren der Pléjade folgt, indem bereits Dubellay die Nachbildung, nicht die Übersetzung ovidischer Stoffe den Dichtern anempfohlen hatte. Die Gedichte des Marino, die hier als Vorbilder in Betracht kommen, sind seine *Jdillij*, welche in der *Sampogna*[1]) zusammengefasst sind. Marino hatte sie schon in seiner Jugend verfasst,[2]) aber erst 1620 drucken lassen, als der Stern seines Ruhmes am schönsten strahlte. Die Zeit der Veröffentlichung hatte er trefflich zu wählen gewusst: damals herrschte die Schäferpoesie auf der Bühne, nachdem sie Racan 1618 mit seiner *Arthénice* in Aufnahme gebracht hatte, und so war der Geschmack des Publikums für solche Szenen des ländlichen Stilllebens darstellende Gedichte bereits vorbereitet. Die *Sampogna* fand daher allgemein Anklang und ward mit überschwenglichen Lobeserhebungen gepriesen. Der Kardinal Bentivoglio, eine in ästhetisch-litterarischen Kreisen jener Zeit sehr bekannte und geschätzte Persönlichkeit, schreibt zum Beispiel unter dem 7. April 1620 an Marino: *Ma se non ho potuto goder la vostra conversazione, ho goduto almeno quella dei vostri versi nell'armonia della vostra dolce ‚Sampogna'. Per istrada questa è stato il mio gusto, ed ora, che sto fermo, questa è la maggior*

---

[1]) *La Sampogna del Cavalier Marino*, Venetia, MDCXXVI, appresso i Giunti.

[2]) l. c. p. 3 der Vorrede: ... *idillij, gia da me composti in sù 'l fiore della mia prima età, ma tenuti da me suppressi infino a quest'hora.*

ricreazione ch'io abbia. O che vena! O che purità! O che pellegrini concetti![1])

Kein Wunder daher, wenn ein junger aufstrebender Dichter, wie Saint-Amant damals war, dessen Brust der Ehrgeiz schwellte, auch ähnliches in seiner Muttersprache zu leisten, sich jene viel angestaunten *Jdillij* zum Muster nahm. In ihnen hatte Marino hauptsächlich ovidische Stoffe bearbeitet, ihnen aber durch eingestreute Lieder und Gesänge einen lyrischen Charakter verliehen. Diesem Vorgange folgt Saint-Amant in seinen drei hier in Frage kommenden Gedichten *Lyrian et Sylvie* (I, 63), *Arion* (I, 73) und *Andromède* (I, 44). Auch er fügt in die aus Ovid geschöpften Stoffe lyrische Gedichte ein, wenn auch nicht in der Anzahl wie Marino, der oft 3, selbst 4 solcher Lieder, jedes einzelne von ganz beträchtlicher Ausdehnung — bis zu 44 vierversigen Strophen im *Orfeo*[2]) — dem epischen Stoffe einverleibt. Überhaupt haben die *Jdillij* des Marino einen viel ansehnlicheren Umfang als die oben erwähnten Gedichte Saint-Amant's, indem Marino vielmehr ins Einzelne der Schilderung eingeht als unser Dichter. Die lyrischen Einlagen weisen bei Marino eine ausserordentliche Verschiedenheit in Bezug auf Vers- und Strophenbau auf, der bald ziemlich einfach, bald auch recht kunstvoll ist. — Aber nicht nur die äussere Form der *Jdillij* ahmt Saint-Amant nach, sondern auch in nicht zu verkennender Weise ihren Stil und ihre Diktion; daher jene gesuchten Antithesen, jene gewagten Personifikationen, jene oft an den Haaren herbeigezogenen Vergleiche.

La Métamorphose de Lyrian et de Sylvie, in alexandrinischen Reimpaaren abgefasst, behandelt das gleiche Sujet wie Ovid in seiner Metamorphose *Daphne*, wie Marino im *Idillio Dafni*.[3]) Saint-Amant scheint damals selbst eine unerwiderte Neigung gehegt zu haben, wenigstens sagt er, dass er unter dem Liebesleid des Lyrian sein eigenes schildere (I, 63), wie denn auch das Gedicht an eine Dame gerichtet ist, über deren Grausamkeit bitter geklagt wird. Saint-Amant verfügt über den antiken Stoff ganz im Geiste seiner Zeit. Anstatt des Apoll führt er den Schäfer Lyrian ein, der froh und glücklich lebte, ehe er das Gefühl der Liebe kannte. Seitdem er aber die ebenso schöne als spröde Nymphe Sylvie gesehen hat, ist es um seinen Seelenfrieden geschehen. Dem stillen, schweigsamen Walde klagt er

---

[1]) *Lettere del Cardinal Bentivoglio con note di G. Biagioli*. Paris, 1819. p. 160.
[2]) *Sampogna*, p. 18 ff.
[3]) Ovid, *Metamorph*. lib. I, 452 ff. — Marino, *Samp*. p. 157—168.

seine Not, den Namen der Geliebten schnitzt er in Baumrinden, wagt es aber trotz der glühendsten Liebe, die ihn schon mehr denn 6 Jahre verzehrt, nicht, der Angebeteten seine Neigung offen zu bekunden. Wir sehen hierbei, dass unter dem Schäferkostüme sich kein anderer verbirgt, als einer jener schmachtenden Galane, welche im Hôtel Rambouillet den Preziösen den Hof machten und dabei die harten zeremoniellen Regeln peinlich beobachteten. — Endlich begegnet Lyrian der Geliebten, da sie einst allein im Walde jagt; er fasst Mut und gesteht ihr, indem er die Fliehende verfolgt, seine Liebe; er macht ihr harte Vorwürfe wegen ihrer Herzlosigkeit und tadelt ihre unmenschliche Härte. Dieser Teil des Gedichtes ist, wie bei Marino, in Strophenform abgefasst. Müde und abgehetzt muss er schliesslich die Fruchtlosigkeit seiner Worte einsehen, und so ruft er verzweifelnd unter Verwünschungen die himmlischen Mächte an, dass sie der Grausamen den Tod geben, aber einen solchen, in dem die Liebe noch lebt. Auf diese Verwünschung hin wird Sylvie in eine Ulme verwandelt, während er selbst die Gestalt des Epheu erhält, der jene tausendarmig umrankt.

So ist unter der Dichtung des Saint-Amant die Vorlage kaum wieder zu erkennen, wo ja auch der Ausgang ein ganz anderer ist. Bei Ovid wird ja — wie bei Marino — Daphne in einen Lorbeerbaum umgewandelt, während Apoll — wie Febo bei Marino — seine Gestalt beibehält und nur den Lorbeer zu seinem heiligen Baume erhebt. In Saint-Amant's Gedichte tritt neben dem Marinismus die Ziererei der Schönen von Rambouillet stark zu Tage; vielleicht, dass auf eine aus ihrer Mitte diese Metamorphose gemünzt war. Wenigstens wissen wir, dass Saint-Amant mit dem Wesen und dem Tone, der sich in dem Salon der Madame de Pisan herausgebildet hatte, wohl vertraut war; man kannte ihn hier unter dem Namen Sapurnius, und Somaize hat uns in seinem *Dictionnaire des Précieuses* verschiedene preziöse Redensarten und Wendungen überliefert, die von Sapurnius-Saint-Amant stammen.[1])

Es muss uns wundern, dass gerade diesem Gedichte, welches den ästhetischen Verfall jener Zeit in so grellen Reflexen wiederspiegelt, die Ehre widerfuhr, ins englische übertragen zu werden — gewiss ein Zeugnis mehr dafür, wie allgemein damals jene Geschmacksverirrung war. Diese Übersetzung von *Edward Sherburne* schliesst sich recht getreu aus Original

---

[1]) *Le dictionnaire des Précieuses par le sieur de Somaize*, nouv. éd. par Livet. Paris, MDCCCLVI, tom. II, p. 63, 94.

an und ist im *blank-verse* abgefasst, auch der bei Saint-Amant in Strophenform gegebene Teil.[1])

Ein zweites Gedicht, wozu Ovid das Material lieferte, ist der *Arion* (I, 73), welcher gleichsam ein Seitenstück bildet zu einem *Jdillio* des Marino, in welchem dieser einen andern berühmten Sänger des Altertums feiert, den Orpheus. Ganz den nämlichen Stoff bearbeiteten unsere Romantiker Aug. Wilhelm Schlegel und Ldg. Tieck in ihren allbekannten Gedichten *Arion*. Wie sie hat auch unser Dichter das Sujet, welches Ovid in seinen *Fasten* (II, 4) in 15 knappen Distichen bietet, bedeutend erweitert, indem auch er den *Herodot* zu Rate zieht, der ihm in der französischen Übersetzung des *Pierre Saliat* bequem zugänglich war.[2]) Während Ovid kurz und bündig nur den Vorgang auf dem Meere schildert, teilt uns jener auch ausführlich mit, dass Arion von Tarent kommt und sich nach Korinth zu Periander begeben will[3]), und diese Angaben hat Saint-Amant in seinem Gedichte verwertet. Der Stoff ist so bekannt, dass eine Inhaltsangabe an dieser Stelle überflüssig ist. Die Begebenheit selbst berichtet Saint-Amant in alexandrinischen Reimpaaren, aber die Worte, welche dem Arion vor seinem Tode von den habgierigen Seeleuten noch zu singen vergönnt werden, giebt Saint-Amant in Form eines Liedes wieder. Es ist interessant, dass Ldg. Tieck an der gleichen Stelle das nämliche Kunstmittel anwendet; auch bei ihm ist der Sang, den der Sänger in seiner letzten Stunde zu den Tönen der Leier anstimmt, in einer leichten, lyrischen Strophenform wiedergegeben. Bei diesem von Saint-Amant eingestreuten Liede zeigt es sich recht deutlich, dass er diese Weise, seinen Stoff lebendiger zu gestalten, von Marino erlernt hat, indem das Lied des Arion ganz denselben Strophenbau zeigt, wie das, welches bei Marino der *Orfeo* singt. Um eine Vergleichung zu ermöglichen, seien hier die Anfangsstrophen der beiden Gedichte mitgeteilt:

O! le plus beau des dieux, et le plus adorable,
Toy qui, par ta valeur, aux mortels favorable,
Fis que l'affreux serpent expira sous tes coups,
Hélas! pren soin de nous. (I, 77.)

---

[1]) *Salmacis, Lyrias and Sylvia, Forsaken Lydia, the Rape of Helene, a comment theron, with severall other Poems and translations by Eduuard Sherburne,* Esqu. London, printed by W. Hunt, 1651. — p. 19: *The metamorphosis of Lyrias and Sylvia,* by St.-Amant. Out of french.
[2]) *Les neuf livres des Histoires de Herodote, traduicts de Grèce en François* par Pierre Saliat, secretaire de Monseigneur le Reverendissime Cardinal de Chastillon. Paris, 1556. 2° éd. Paris, 1575.
[3]) *Herodotus*, I, 23, 24.

> *O del Abisso tenebroso e nero*
> *Monarca formidable, e severo,*
> *Sotto il cu'impero stan si ubbidienti*
> *Furie, e Serpenti.* (Sampogna, p. 10.)

Im übrigen ist der *Arion* in recht gefälligen, flüssigen Versen abgefasst und könnte in Bezug auf Anlage und Ausführung recht wohl einem Dichter der romantischen Schule unseres Jahrhunderts zugesprochen werden.

Das dritte Gedicht endlich, zu dem Saint-Amant seinen Stoff dem *Ovid* entlehnte, ist die *Andromède* (I, 44). Zu ihr bietet Marino kein Pendant. Im Unterschied von den beiden vorherbesprochenen Gedichten ist dieses in Strophen von je 10 Siebensilblern abgefasst, die das Reimschema ab ab | cc | deed aufweisen. Es hat zum Gegenstand die Errettung der Andromeda durch Perseus von dem Seeungeheuer und deckt sich somit inhaltlich mit Ovid, *Metamorph.* lib. IV, v. 674 ff. Ein Lied ist in dies Gedicht nicht eingestreut, aber ein lyrischer Hauch durchzieht es. Es wimmelt zugleich von sonderbaren Einfällen und verrät allenthalben den Einfluss des Dichters der *Sampogna*.

3. Versuche auf dem Gebiete des Epos und des Romans.

Ehe ich mich zur Besprechung der komisch-burlesken Produkte dieser ersten Periode wende, möchte ich vorher noch in kurzen Worten einiger Versuche unseres Dichters auf dem Gebiete des Epos und des Romans gedenken, welche in diese Zeit fallen.

Er teilt uns selbst mit, dass er ein grosses episches Gedicht zu Ehren Ludwigs XIII. begonnen habe, in welchem er dessen Heldenthaten mit denen des Samson vergleichen wollte.[1] Von dieser Arbeit ist nichts auf uns gekommen.

Ein zweites episches Gedicht, *Joseph*, verfasste er um 1628, erachtete es aber später nicht des Druckes für würdig.[2] Erst in dem *Dernier Recueil* seiner Werke liess er (1658) einen Teil davon erscheinen unter dem Titel *Fragment d'un Poëme de Joseph et de ses Frères en Egypte* (II, 115) und bittet die Leser, etwaige Schwächen dieses Jugendwerkes entschuldigen zu wollen. Es zählt 626 Alexandriner, ist eine poetische Paraphrase von *1. Mos.* cap. 42—45 und schliesst sich genau an den biblischen Bericht an. Die Sprache ist einfach und edel, wenn auch hin und wieder preziöse Ausdrücke mit unterlaufen. Der Dialog ist äusserst lebhaft und mitunter von echt dramatischem Schwung.

---

[1] *Advertissement au Lecteur*, éd. Livet, I, 14, 15.
[2] *Advis*, éd. Livet, II, 114.

Die vorkommenden Bilder sind glücklich gewählt, die Zeichnung der Charaktere ist zum Teil recht gut gelungen. Vor allem verrät der Dichter eine feine Kenntnis des menschlichen Herzens und weiss daher psychologische Vorgänge mit grossem Verständnis wiederzugeben.

Eines andern Jugendwerkes thut Saint-Amant noch Erwähnung in der *Préface* zu dem *Dernier Recueil* seiner Werke. Er sagt daselbst (II, 14), dass er einen *Roman des Fleurs ou la Fleur des Romans* geschrieben hätte, worin er die Hochzeit des Zephirus und der Flora schilderte, die auf den glücklichen Inseln stattfand, gefeiert durch das Erscheinen aller Blumen und Sträucher. Das Manuskript dieses teils in Prosa, teils in Versen abgefassten Romans habe er dann einem Freunde geliehen, der gestorben wäre, ohne es ihm zurückerstattet zu haben. So sei es für ihn verloren gegangen; jedoch giebt er sich der zuversichtlichen Hoffnung hin *que quelqu'un sera bien aise de la (la copie) demesler, pour se servir de ce même dessein quelque jour* (II, 15).

4. Die burleske Dichtung Saint-Amant's in der I. Periode.

Vorbemerkungen.

Da der Begriff **burlesk** keineswegs von Allen in der gleichen Bedeutung gebraucht wird, so halte ich es für unerlässlich, meine Auffassung desselben hier kurz zu präzisieren. Er wird der Hauptsache nach in einem zweifachen Sinne angewandt, in einem **weiteren** und einem **engeren**. In dem ersteren fassen ihn u. a. Furetière,[1] Richelet,[2] Diderot[3] und die französische Akademie[4] und verstehen dann darunter, gestützt auf die Herkunft des Wortes vom italienischen *burla = Posse*, soviel als *derbkomisch, übertriebenkomisch, possenhaft*. Andere jedoch, wie Flögel[5] und Littré[6] legen dem Worte eine concisere Bedeutung bei und sehen das Hauptkennzeichen der burlesken Dichtung darin, dass sie an berühmte Namen und Persönlichkeiten der Geschichte oder Mythologie, oder auch an wichtige Ereignisse anknüpft, dieselben aber in der Ausführung als

---

[1] *Diction. Univers.* A la Haye, 1727. I. *burlesque*.
[2] *Diction. de la Langue Franç.* Basle, 1735. I, 297. *burlesque*.
[3] Diderot, *Encyclopédie*, II, 467. *burlesque*. Paris, 1751. Artikel vom Abbé Mallot. (G.)
[4] *Diction. de l'Acad. Franç.* Paris, 1835. 6e éd. I, 240. *burlesque*.
[5] Flögel, *Geschichte des Burlesken*, herausgegeb. von Fr. Schmit. Leipzig, 1794. S. 4.
[6] Littré, *Diction. de la Langue Franç.* Paris, 1863. I, 440. *burlesque*.

Menschen des gewöhnlichen Schlags resp. Vorkommnisse des alltäglichen Lebens betrachtet.

Diese Interpretatoren stellen dem Burlesken das Heroïschkomische gegenüber, welches *kleinen unbedeutenden Gegenständen durch eine erhabene Sprache, Versification, prächtige Vergleichungen u. s. f. ein grosses wichtiges Ansehen verleiht*,[1]) oder *qui prête le langage et les allures du héros à des gens de condition inférieure, et cherche un contraste plaisant entre la grandeur du style et la petitesse des actes.*[2]) Verschiedene Schriftsteller machen noch feinere Unterschiede. So möchte Scarron z. B. Saint-Amant's Stil nicht *burlesque*, sondern *grivois*[3]) nennen;[4]) doch liegt es ausserhalb des Rahmens dieser Arbeit, auf solche Subtilitäten näher einzugehen.

Ich möchte mich der Auffassung des Wortes *burlesque* im weiteren Sinne zuneigen. Einmal wenden burleske Dichter zur Erzielung des komischen Effektes häufig in ein und demselben Gedichte beide von Flögel und Littré als Kriterien der burlesken und der heroïschkomischen Dichtung aufgestellten Kunstmittel an; so z. B. Saint-Amant in seiner *caprice: Le Passage de Gibraltar*. Nach Littré's und Flögel's Auffassung ist entschieden burlesk Strophe 4 (I, 291), wo Atlas angerufen wird:

> *Releve-toy, vieux crocheteur!*
> *L'Olympe pourroit choir en l'onde*
> *Et prendre comme un rat le monde*
> *Sous son énorme pesanteur...*

Heroïschkomisch aber müsste man z. B. Strophe 49 desselben Gedichtes nennen, wo die einfache Thatsache der Einnahme zweier winziger Inselchen durch die Franzosen zu gewaltigen Umwälzungen und Kämpfen in der Natur Anlass geben soll:

> *En cet orage furieux*
> *Il semble desja que Neptune*
> *Tasche d'exciter la Fortune*
> *Contre un dessein si glorieux;*
> *Ou que, pour faire au ciel la guerre,*
> *Les Tritons, faschez du Tonerre,*
> *Entassans monts sur monts flottants,*
> *Vueillent qu'aussi bien que la terre*
> *La mer fasse voir des Titans.* (I. 308.)

Wie sollte man ein aus solchen Elementen zusammenge-

---

[1]) Flögel, l. c. S. 4.
[2]) Littré, l. c. I, p. 440.
[3]) = *alerte, éveillé, d'une humeur libre et hardi. Il se dit particulièrement des soldats.* (Dict. de l'Acad. Fr. 1835. 6ᵉ éd. I, 862 *grivois*.)
[4]) Scarron, Œuvres, revues de nouveau. Paris, 1668: *Discours sur le style burlesque.* I, p. 103.

setztes Gedicht bezeichnen, burlesk oder heroïschkomisch?
— Dann aber auch giebt es manches Gedicht, dem beide Kriterien fehlen, und das doch burlesk genannt werden muss; man vergleiche nur Saint-Amant's Sonette I, 182, I, 183, I, 184. Was mich endlich noch bestimmt, Littré's und Flœgel's Ansicht nicht beizupflichten, ist der Umstand, dass der Ausdruck *héroïcomique* von den Dichtern des 17. Jahrhunderts, speziell auch von unserm Saint-Amant, bereits für eine bestimmte Art von Dichtungen verwandt ist, in der das Ernst-heroïsche mit dem Heiter-burlesken verschmolzen ist, wie z. B. in der *Secchia Rapita* des Tassoni oder in Saint-Amant's *Passage de Gibraltar* (I, 284, 285).

Ich entscheide mich aus allen diesen Gründen daher für die Auffassung des Begriffs burlesk im Sinne eines *Furetière*, *Richelet*, *Diderot* und der *Académie Française* und verstehe unter einem burlesken Gedichte ein solches, welches durch eine derbe Komik und drastischen Humor in Form und Inhalt das Lachen des Lesers über das behandelte Sujet beabsichtigt.

Der Vers, der für solche burleske Gedichte recht eigentlich privilegiert war, der Knüppelvers der Franzosen, ist der Achtsilbler, und aus diesem Grunde ward er schlechthin *vers burlesque* genannt, genau so, wie der Zwölfsilbler gemeiniglich als *vers heroïque* bezeichnet ward, weil er vorzüglich in *poèmes héroïques* Anwendung fand.[1]) Dieser *vers burlesque* erfreute sich einerseits im Volke einer ausserordentlichen Beliebtheit, andrerseits verursachte seine Handhabung den *Dichtern* jener Zeit die denkbar geringste Schwierigkeit. Selbst in Dichtungen von ernst-religiösem Inhalt begegnen wir ihm, wie z. B. in der *Passion de Nostre Seigneur Jésus-Christ* ‚en vers burlesques' (= Achtsilblern), Paris, 1649.[2])

Wenn auch die Franzosen die Pflege der burlesken Poesie, die dem *esprit gaulois*, einem Hauptzuge in ihrem Nationalcharakter, so sehr zusagt, zu keiner Zeit vernachlässigt haben, so hat doch keine Periode ihrer Litteratur eine so reiche burleske Dichtung gezeitigt als die erste Hälfte des 17. Jahrhunderts. Fragen wir nach der Ursache, warum eine solche plötzlich in so

---

[1]) Auch bei den Engländern gelangte der Achtsilbler in Kürze zur Oberherrschaft in burlesken Gedichten und infolgedessen zu dem Namen *mock-verse* oder gleichfalls *verse burlesque*. (Vgl. z. B. *Davenant, Works*. London, 1673. p. 289.)

[2]) Als Verfasser nennt *Saint-Marc* einen gewissen *Jacques Jacques*. Vgl. Boileau, *Œuvr. Compl.*, herausgeg. von Paul Chéron, Paris, s. a., p. 92, Anm. 11.

gewaltigem Umfange erstehen und bald alle anderen Zweige der Poesie überwuchern konnte, so haben wir diese zunächst in den damaligen Verhältnissen zu suchen. Jeder, der sich einen Namen als Dichter erwerben wollte, musste sich in die Dienste des Hofes oder der verbildeten bessern Gesellschaft stellen; hier nur war der Boden, auf dem er gedeihen konnte. Die Feste des Hofes zu verschönern, den Glanz der Krone zu verherrlichen, die schöngeistigen Herren und Damen der Pariser Salons mit witzigen und zierlichen Versen angenehm zu unterhalten und ihnen darin artige Schmeicheleien zu sagen, das waren die Ziele, welche die damaligen Dichter verfolgten. Je empfindlicher aber dieser Druck, der so von den tonangebenden Kreisen ausgeübt ward, auf den Geistern origineller Dichter lastete, um so lebhafter musste in ihnen der Wunsch werden, ihn abzuschütteln und jeder beengenden Fessel und Schranke ledig die Flügel ihrer Phantasie zu regen. Das Feld zu einer solchen freien Geistestätigkeit bot sich den Dichtern dar und zwar auf dem Felde der komisch-burlesken Dichtung, und so sehen wir das seltsame Schauspiel, dass zu einer Zeit auf der einen Seite eine ausgesprochen konventionelle Hofdichtung, auf der anderen ihr Extrem, eine ungezügelte, volkstümliche, burleske Dichtung nebeneinander hergehen. Wir bemerken nicht selten, wie derselbe Dichter, dessen Werke von den Preziösen bewundert und mit Entzücken ob ihrer ästhetischen Manieriertheit gelesen werden, einen Ruhehafen und eine Zufluchtsstätte von der Unnatur und überfeinen Ziererei der Hofdichtung suchte und fand bei der emanzipierten, regellosen, burlesken Muse. Darum tritt uns in den Gedichten dieser letzteren Art eine leidenschaftlich ungestüme Kraft der Empfindung, gepaart mit Kühnheit und überschäumender Lebhaftigkeit des Ausdrucks entgegen, die wir bei den Produkten ihrer vornehmen Schwester, der steifen, lebens- und farblosen höfischen Poesie, vergebens suchen. Das mächtige Anwachsen der burlesken Dichtung vollzog sich im dritten und vierten Jahrzehnt, begünstigt durch mancherlei Momente. Da waren es zunächst die Grossen des Landes, bei deren ausschweifenden Gelagen der burleske Dichter hochwillkommen war. In den *cabarets* versammelten sich die kleineren adligen Herren bei Wein und Tabak und liessen die lärmenden burlesken Lieder ihrer poetisch beanlagten Zechgenossen ertönen. Nicht minder förderten die immerwährenden Reibereien zwischen den einzelnen Grossen, die beständige Feindseligkeit zwischen hohen Adligen und der Regierung oder *Richelieu* das Aufkommen der burlesken Muse, denn manches burleske Spottlied ging aus diesen unerquicklichen Verhältnissen hervor. Freilich sollten dieser Blüte der burlesken Dichtung nur kurze Tage beschieden sein; als ihre Hauptvertreter *Scarron, Saint-Amant, D'Assoucy, Loret* die Augen geschlossen, als viele der ihr günstigen Grossen unter *Mazarin* durch Gift oder auf dem Schaffot geendet hatten, als *Louis XIV.*, der erklärte Feind alles Regel- und Masslosen, der beim Anblick der Grotesken eines Tenier sagen konnte: *Tirez-moi ces magots!*, mit starker Hand die Zügel der Regierung ergriffen und seinen Geist und seine Gesinnung mit gewaltiger Energie dem Hof und der vornehmen Welt aufgezwungen hatte: da ward die Burleske ebenso schnell, als sie angeschwollen war, in ihre früheren Grenzen zurückgedrängt. Sie bildet eine ähnliche Erscheinung wie in Deutschland die Sturm- und Drangperiode; auf beide sollte unmittelbar das klassische Zeitalter folgen. Dass Erzeugnisse dieser Richtung weniger einen ästhetischen, als vielmehr einen überwiegend sprach- und litterarhistorischen Wert haben, ist leicht ersichtlich.

In den burlesken Gedichten der I. Periode feiert Saint-Amant fast ausschliesslich das Trinken *(la débauche)*, oder er schildert uns Szenen aus dem Leben seiner lärmenden Zechgenossen. Der hehren Muse sagt er's ab:

Nous perdons le temps à rimer,
Amis, il ne faut plus chommer;
Voicy Bacchus qui nous convie
A mener bien une autre vie;
Laissons là ce fat d'Apollon,
Chions dedans son violon;
Nargue du Parnasse et des Muses
Elles sont vieilles et camuses... (I, 135.)

Er weiss einen viel schöneren Zeitvertreib:

Morbieu! comme il pleut là dehors!
Faisons pleuvoir dans nostre corps
Du vin, tu l'entends sans le dire,
Et c'est là le vray mot pour rire;
Chantons, rions, menons du bruict,
Beuvons icy toute la nuict,
Tant que demain la belle Aurore
Nous trouve tous à table encore. (I, 136.)

Darauf richtet er sich an den Schutzpatron der *désbauchés*:

Bacchus! qui vois nostre desbauche
Par ton sainct portraict que j'esbauche,
En m'enluminant le museau
De ce traict que je boy sans eau;
Par ta couronne de lierre,
Par la splendeur de ce grand verre,
Par ton thirse tant redouté,
Par ton éternelle santé... (I, 137.)

Folgen nun noch fünfunddreissig solcher Verse, welche alle

mit *Par* anfangen und in welchen Bacchus bei ähnlichen Dingen, die ihm lieb und wert sind, angerufen wird:

> *Reçoy-nous dans l'heureuse Trouppe,*
> *Des francs chevaliers de la Couppe,*
> *Et pour te montrer tout divin,*
> *Ne la laisse jamais sans vin.* (I, 138.)

Dies Gedicht und andere der gleichen Gattung machen wegen der Unmittelbarkeit, mit der sie noch heute jeden Leser berühren, den Eindruck, als wären sie im weinbegeisterten Kreise der zechenden Brüder selbst entstanden, in einem *cabaret*, dessen Luft von dem Dufte des *piot* und dem Qualme des *petun*, — denn so nannten jene *Désbauchés* das, was Leute gewöhnlichen Schlags mit *vin* oder *tabac* bezeichneten — durchschwängert war.

In einem anderen Gedichte wendet er sich an *Faret*, seinen Busenfreund, welcher Paris mit Fontainebleau vertauscht hatte. Er fragt ihn, ob er eitlem Glücke nachjage, oder ob ihn die Schönheit der Natur, die hier recht nett und ansprechend geschildert wird, hinausgelockt habe (I, 141, 142). Folgt nun, um Paris in seinem günstigsten Lichte und mit den verführendsten Farben zu zeichnen, eine Aufzählung der berühmtesten *Cabarets* (I, 143) und die Mahnung an Faret:

> *Laisse les soings pour d'autres testes,*
> *Laisse les forests pour les bestes,*
> *Laisse les eaux pour les poissons,*
> *Et les fleurs pour les limaçons!* (I, 143.)

Durch köstlichen Humor und kühn-groteske Ausführung ragt *la Chambre du Débauché* hervor. Ein Freund hat unsern Dichter in seine *belle chambre* geführt und Saint-Amant,

> *Plus enfumé qu'un vieux jambon,*
> *Ny le bœuf salé de Pitre,*

entwirft mit Kohle das Bild jenes Zimmers. In der heissesten Zeit herrscht dort Dezemberkälte. Die Thür ist entsetzlich niedrig:

> *Pour moy, je ne puis concevoir*
> *Par quel moyen, ny quel pouvoir*
> *Mon corps a passé par la porte,*
> *Car je te le jure entre nous*
> *Qu'un rat, ou le diable m'emporte,*
> *N'y sçauroit entrer qu'à genous.* (I, 145.)

Ein alter Diener,

> *... petit ladre de valet,*
> *Reste de la guerre civile,* (I, 145.)

heizt alsbald ein, aber kaum hat er das Holz angezündet:

> *Que nous estranglons de fumée;*
> *Nous toussons d'un bruit importun,*
> *Ainsi qu'une chatte enrhumée*
> *Et nos yeux prennent du petun.* (I, 146.)

Die kahlen Wände sind mit Schmutz und Unreinlichkeit jeder Art bedeckt; des Dichters Phantasie bildet daraus alle möglichen Gestalten und Figuren, besonders aus Don Quichote, und dabei vergleicht Saint-Amant sich recht ansprechend mit Kindern, die des Abends in den vielgestaltigen Wolken Menschen, Wälder, Schlösser und allerlei sonderbar Getier zu erblicken glauben:

> *Là l'on voit en des lieux fumans*
> *Curé, barbier, niepce et nourrice,*
> *Exécuter sur les romans*
> *Les sentences de leur caprice.*
> . . . .
> *La, ce guidon de carneval,*
> *Chocque un moine à bride abbattue,*
> *Mais, n'en desplaise à son cheval,*
> *C'est-à-dire en pas de tortue;*
> . . . .
> *Là, les innocentes brebis*
> *Qu'il prend pour gensdarmes superbes,*
> *Font de leur sang voir des rubis*
> *Sur les esmeraudes des herbes.*
> *Là, les bergers au mesme lieu*
> *Sondent à beaux cailloux de Dieu*
> *Ses costes presque descharnées,*
> *Luy raflant en ces accidents*
> *Ce qu'un catherre et les années*
> *Souffroient qu'il luy restât de dents.* (I, 147.)

Eine ganze Reihe von solchen Grotesken entwirft uns der Dichter in einem Zuge, um uns dann mit der Einrichtung des Zimmers näher vertraut zu machen: Eine Flasche dient als Lichtträger; auf dem Kaminsims stehen und liegen als Nippsachen unterschiedliche Tabakspfeifen. Drei hübsche Würfel bilden die arithmetische Bibliothek. Vorhänge sind nirgends zu erschauen, dafür aber um so mehr Spinnweben. Von Luxus nirgends eine Spur, ausser ...

> *... un peigne dedans un chausson.*
> *Encore ce peigne est-il fait*
> *D'un areste de solle fritte*
> *Qu'il trouva dessous un buffet,*
> *Monstrant les dents à la marmitte.* (I, 151.)

Wenn den *débauché* abends die Müdigkeit überkommt, nimmt er Abschied von den teuren Krügen, indem er sich ehrfurchtsvoll nach allen Regeln der Etikette gegen sie verneigt, hüllt sich in das Tischtuch, welches gleichzeitig als Betttuch dient, und sucht das harte Lager auf. — Der gleiche Witz, gepaart mit der nämlichen Wärme des Ausdrucks, findet sich in dem Gedichte *La Vigne*, wo er das Landhaus eines Freundes lobt:

> *Non pas pour cette belle veue*
> *Dont le ciel l'a si bien pourveue,*
> *Qu'on diroit qu'il a fait ces lieux*
> *Pour le souverain bien des yeux;*
> *Non pas pour la frescheur de l'ombre*
> *De ce bois venerable et sombre,*
> *Où, les bergers les plus discrets,*
> *Chantent leurs amoureux secrets.* (I, 167.)

Kommen noch vier solche mit *non pas* eingeleitete Perioden, zum teil zwei-, selbst dreimal so lang als die angeführten, in denen Saint-Amant uns sagt, warum er das Landhaus nicht lobe, bis dann endlich der vollwichtige Grund angegeben wird:

> *Mais bien pour ce costeau de vigne*
> *Qui seul est de ma muse digne,*
> *Et que je veux si bien louer,*
> *Que Bacchus le puisse advouer.* (I, 168.)

Darauf fordert er seine Freunde auf, ein Lied mit ihm anzustimmen. Jeder derselben erhält ein *epitheton ornans*, oder bekommt eine Schmeichelei zu hören, hinter der aber nur zu oft eine schalkhafte Anspielung auf irgend einen Fehler oder ein Gebrechen versteckt liegt: Gilot ‚*roy de la debauche*', Belot ‚*puissant demon de joye*', Marigny ‚*rond en toutes sortes*', Maricourt ‚*noble yvrongne*', Faret ‚*grand beuveur à perte d'halene, chère rime de cabaret*', Grand-Champ . . .

> *. . . qui vuides mieux les verres*
> *Que dans les chiquaneuses guerres,*
> *Avec les plus heureux succès*
> *Tu ne vuiderois les procès,* (I, 170)

Chasteaupers . . .

> *. . ., gardien des treilles,*
> *Au nez à crocheter bouteilles.*

Schliesslich ergeht die Aufforderung noch an *Théophile*, *Bilaut* und *Molière*

> ‚*Qui dedans une triste biere*
> *Faites encore vos efforts*
> *De trinquer avecques les morts.*' (I, 171.)

und am Ende steht dann der Gesang zum Ruhme des Bacchus, den der lustige Kreis anhebt. — In dem kecken, lustigen Gedichte *Cassation de Soudrilles* (I, 173) fordert Saint-Amant die Söldner mit witzigen Ausfällen gegen ihre Raublust und ihr Bramarbasieren auf, die Waffen nach Beendigung des Krieges an die Wand zu hängen. — Verwünschungen der manigfachsten

Art stösst er gegen die Stadt *Evreux* aus, wo er dreissig Kirchen erblickt — „*et pas un pauvre cabaret*'.[1]) Auch eine Stelle aus *Rabelais* hat Saint-Amant in Gedichtform übertragen, und zwar recht angemessen, in dem für eine Maskerade bestimmten Gedichte *La Naissance de Pantagruel*.[2]) Schliesslich sind noch als Produkte dieser I. Periode einige Epitaphien und Epigramme von untergeordnetem Werte, sowie einige Sonette zu erwähnen, die alles Lob verdienen, auf die ich jedoch erst an einer späteren Stelle des näheren eingehen will, wenn ich über die Sonettendichtung Saint-Amant's im Zusammenhange sprechen werde.

C. Werke der II. Periode.

1) Kürzere burleske Gedichte.

Wie schon in der Einleitung hervorgehoben ward, ist die II. Periode die rein burleske. Aus ihr stammt nicht ein einziges ernstes Gedicht, welches, frei und natürlich aus einem übervollen Herzen hervorgequollen, wirklich empfundene Gefühle zum Ausdruck brächte und darum eines näheren Eingehens verdiente. Einige langweilige, konventionelle Huldigungsgedichte und fade Liebesklagen, ganz in Marino's Manier gehalten und ohne Spur von Originalität, bilden die ärmlichen Erzeugnisse der ernsten Muse Saint-Amant's in dieser Zeit. Ein Madrigal (I, 270) ist geradezu die Nachbildung eines Gedichtes von Marino.[3])

Anders steht es mit der burlesken Dichtung. Wir bemerken, wie die burleske Kraft des Dichters stetig im Wachsen begriffen ist. Immer fortreissender werden seine Verse, immer voller und wohltönender deren Reime,[4]) immer schärfer geraten die Linien,

---

[1]) *L'Imprecation*, I, p. 177. Vgl. hiermit Voltaire, *Œuvres*. Basle, 1785. De l'Imprimerie de Jean-Jacques Tourneisen. XIII, p. 151. *Epître LXV*:
 O détestable Vestphalie
 De couvents vous êtes remplie
 Et vous manquez de cabarets.

[2]) *La Naissance de Pantagruel* (I, p. 178). Vgl. hierzu: Rabelais, *Œuvres*, hgg. von Marty-Laveaux. Paris, 1868. *Pantagruel, restitué à son naturel*. chap. II. t. I, p. 226.

[3]) *Rime del Sign. Cav. Marino*, Parte III[a]. Venetia, 1674. p. 3. *Bella Crudele*.

[4]) Daher singt Théophile de Viaud auch von unserem Dichter:
 Saint-Amant sçait polir la rime
 Avec une si douce lime,
 Que son luth n'est plus mignard,
 Ny Gombaud dans une élégie,
 Ny l'épigramme de Ménard,
 Qui semble avoir de la magie.
 Les *Œuvres de Théophile*, divisées en trois parties. Rouen, MDCXXX. III, p. 58.

welche er zeichnet, immer bestimmter und plastischer heben sich die Figuren aus den Bildern ab, die sich aus jenen zusammensetzen. In dieser Schaffensperiode singt Saint-Amant besonders in anakreontischer Weise die Freuden des Mahls, und zwar des reichlichen, üppigen Mahls, der *Crevaille*, wie die *débauchés* jener Zeit sagten. Es hatte sich eben etwas von der masslosen Trink- und Esslust des 16. Jahrhunderts, wie sie uns in *Rabelais' Gargantua* so unverhüllt aufgedeckt wird, auch auf das angehende 17. Jahrhundert vererbt. Nicht selten spitzt sich die Darstellung satirisch zu, aber Saint-Amant ist dann stets der lachende Satiriker, der sich über Thorheiten und Gebrechen seiner Mitmenschen lustig macht, ohne ihnen diese vorzuhalten in der Absicht, sie zu bessern. So müssen die närrischen Moden, das langwierige und dabei äusserst kostspielige Gerichtsverfahren, die lockre Moral der Frauen und Geistlichen und die Eitelkeit und Nichtigkeit der Dichterlinge manchen Spott über sich ergehen lassen.

Von grosser dichterischer Kraft zeugen einige Gedichte, welche das Schmausen und den Wein feiern, vor allem die *Crévaille* (I, 237) und *Orgye* (I, 239). Saint-Amant gibt dem *vin vermeil* den Vorzug, genau wie die englischen Dichter jener Zeit das Lob des *rosie wine* in allen Variationen wiederholen. Die Kaprice *Les Pourveues Bachiques* ist gleichsam die Ausführung zu einem Motto, das wir bei Rabelais finden, welcher sagt: „*En autonne lon vendengera, ou devant, ou apres: ce m'est tout un, pourveu qu'ayons du piot à suffisance.*"[1]) In dem eben erwähnten Gedicht setzt Saint-Amant nach einander eine Reihe von Fällen, die seinetwegen ruhig eintreten können; er werde immer gefasst sein, wenn er nur (pourveu que) Wein in Fülle habe. Als Beispiel sei eine der neunzehn Strophen mitgeteilt:

> *Que les cohortes du Sophy*
> *Aillent reprendre Babilone;*
> *Qu'il envoye au Turc un deffy*
> *Comme la Gazette nous prosne;*
> *Que tout soit reduit à l'aumosne,*
> *Mon cher Comte, il ne m'en chaut pas,*
> *Pourveu que Bachus, dans son trosne,*
> *Preside à ce noble repas.* (I, 326.)

Aber des Dichters Herz ist weit genug, um neben dem Rebenblute auch dem Äpfelweine ein Plätzchen einzuräumen, wie das Gedicht *le Cidre* beweist (I, 334). Unter den Gaben Pomona's verherrlicht er die Melone in einer köstlichen Dichtung (I, 198—209),

---

[1]) Rabelais, *Œuvres*, herausgeg. v. Marty-Laveaux. Paris, 1873. III, p. 251.

die einer Besprechung wert ist. Der Dichter tritt in ein Zimmer, welches ein würziger Geruch durchduftet, den eine in einem Körbchen liegende Melone verbreitet. In seiner prächtig humoristischen Weise erzählt er nun eine Geschichte, in der er den Ursprung der Melone darlegt. Die olympischen Götter haben gegen der Titanen gewaltig Geschlecht gefochten in einem Kampf,

> *Où Pan perdit ses gands, Apollon son rabat,*
> *Mars l'un de ses souliers, Pallas une manchette,*
> *Hercule par un trou, l'argent de sa pochette,*
> *Mercure une jartiere et Bacchus son cordon,*
> *Pour s'estre dans les coups jettez à l'abandon.* (I, 202.)

Von allen Seiten kehren sie nach dem Olymp zurück, um hier froh des errungenen Sieges ein Fest zu feiern. Jeder von ihnen steuert zum Mahle etwas bei: Jupiter eine Menge Wildpret, das sein Adler gefangen hat, Juno

> *...... un bouquet d'Ortolans*
> *Qui fleurissoit de graisse, et convioit la bouche*
> *A luy donner des dents une prompte escarmouche,*
> *Durant qu'il estoit chaud, et qu'il s'en exhaloit*
> *Un gracieux parfum que le nez avaloit.* (I, 202.)

Gevatter Bacchus naht mit den närrischen Mänaden, die Gesichter schneidend unter lautem Geheul fünfzig grosse Flaschen des besten Weines tragen. Ceres bringt feines Gebäck, Neptun

> *Fit servir devant luy, par la fille de chambre*
> *De madame Thetis, un plat d'huistres à l'ambre,*
> *Que l'un de ses Tritons, non pas sans en gouster,*
> *Du fond de l'Ocean luy venoit apporter.* (I, 203.)

Diana spendet Reh- und Damhirschbraten in einer würzigen Knoblauchbrühe, Vulkan aber, der hinkende Schmied

> *Ce beau fils qui se farde avecque du charbon,*
> *Fit porter par Sterope un monstrueux jambon*
> *Et six langues du bœuf qui, depuis mainte année*
> *En grand pontificat ornoient sa cheminée,*
> *Où tout expressément ce patron des cocus*
> *Les avoit fait fermer pour donner à Baccus.* (I, 204.)

Darauf erscheint Venus

> *... La bonne cagne aux paillards appetits,*
> *Sçachant que ses pigeons avoient eu des petits,*
> *En fit faire un pasté, que la grosse Eufrosine,*
> *Qui se connoist des mieux à ruer en cuisine,*
> *Elle-mesme apporta plein de culs d'artichaud,*
> *Et de tout ce qui rend celuy de l'homme chaud.* (I, 204.)

So liefert ein jedes zu dem Schmause, was in seinen Kräften steht, nur einige wie Saturn, Mars, Merkur und Minerva langen mit leeren Händen an. Während das Essen beginnt und der gute Herkules mit seiner Riesenkeule *en qualité de suisse* an dem Thore Wache hält, stellt sich noch Apollo ein, in dessen Auftrage Thalia eine Melone auf die Tafel setzt. Diese Frucht erregt die höchste Verwunderung der Versammlung; so köstlichen Duft hatte noch keiner geatmet; aber erst der Geschmack!

> *Mais quand ce vint au goust, ce fut bien autre chose:*
> *Aussi d'en discourir la muse mesme n'ose;*
> *Elle dit seulement qu'en ce divin banquet*
> *Il fit cesser pour l'heure aux femmes le caquet.* (I, 206.)

Der überschäumende Witz dieser Dichtung ist durchgängig gut und kann sich getrost mit dem Scarron's messen, wie er in dessen *Typhon* oder *Virgile travesti* zum Ausdruck kommt. Bei dieser ausgesprochenen Liebe für Melonen findet man die Klagen leicht erklärlich, die Saint-Amant erhebt, als ein Gewitterguss die herrlichen Früchte vernichtet hat (I, 274). In diese Kaprice tritt mitten in die burleske Darstellung plötzlich ernst-philosophische Betrachtung ein, die aber in echt volkstümlicher, sprichwortähnlicher Weise ihren Ausdruck findet. Die gleiche Wahrnehmung können wir noch in verschiedenen anderen Gedichten machen, wie in der *Epistre héroï-comique à M. le Duc d'Orléans* (I, 359) und in der *Epistre diversifiée* (I, 423).

Dem *Cantal*, einer Art Käse, der in der Auvergne bereitet ward, widmet Saint-Amant ein Gedicht, weil sein Genuss die stärksten Weine leicht erscheinen lasse. Gleichzeitig aber widerruft er das Lob, welches er in einem früheren Gedichte dem *Fromage de Brie* gespendet hatte (I, 153):

> *O Brie! ô pauvre Brie! ô chétif angelot*
> *Qu'autrefois j'exaltay pour l'amour de Bilot,*
> *Tu peux bien aujourd'huy filer devant ce diable:*
> *Ton beau teint est vaincu par son teint effroyable.*
> *Tu m'es plus insipide auprès de son haut goust*
> *Que l'eau ne le seroit auprès du friand moust,*
> *Et ta platte vigueur, sous la sienne estouffée,*
> *Est de ma fantaisie entièrement biffée.* (I, 283.)

Wegen dieser Vorliebe des Dichters für Käse gedenkt Scarron Saint-Amant's in seinem jedenfalls im Hinblick auf Villon's Vorgang entstandnen *Testament en vers burlesques*, indem er vermacht:

> *Au gros Saint-Amant du fromage*
> *A prendre sur le Milanois*
> *Le Parmesan ou Modenois*
> *Et pour sa Rome Ridicule*
> *Une très-favorable Bulle.*[1])

In dieser II. Periode entstanden auch verschiedene in Zehnsilblern abgefasste *Epistres*, die recht ergötzlich und interessant

---

[1]) Scarron, *Œuvres, revues de nouveau.* Paris, 1668. X, p. 460.

zu lesen sind. So z. B. die *Epistre à M. le baron de Melay*, wo neben vielen altfränkischen Wendungen zur Erreichung des komischen Effektes auch das Mittel des Dialektes angewandt wird, indem Saint-Amant einen in seinem französischen Patois redenden Schweizer einführt. In achtzig Versen sagt der Dichter zunächst, worüber er im folgenden Gedichte nicht handeln werde, um dann zum eigentlichen Thema überzugehen, d. h. um seinem Gönner zu danken

> *Pour un present cher et de peu de coust,*
> *Pour un morceau l'effroy des sinagogues,*
> *Pour un jambon. . . .,'* (I, 341.)

den ihm jener durch einen Diener nach Paris geschickt hatte. Da gleichzeitig dem Dichter von einem andren Gönner zwanzig Flaschen Wein nebst einem grossen Rochefort-Käse gesendet worden sind, so lädt er seine Freunde zu festlichem Mahle ein, bei dem der Schinken das Wort ergreift: er schätze es sich zu hoher Ehre, von so erlauchter Gesellschaft verzehrt zu werden, bitte aber darum, dass einer aus ihrer Mitte ihn in einem Gedichte verherrlichen möge, nicht als von einem gewöhnlichen Schweine abstammend, sondern als

> *„. . . . . l'enorme fesse*
> *D'un grand sanglier que Diane confesse*
> *Avoir esté la terreur de ses bois,*
> *Avoir reduict tous ses chiens aux abbois,*
> *Nargué les traits des nymphes ses compagnes,*
> *Couru les monts, arpentés les campagnes,*
> *Et fait fuir des sauvages destours*
> *Les léopars, les tigres et les ours.'* (I, 349.)

Bilder der verschiedensten Art entrollt uns Saint-Amant in seiner *Epistre diversifiée* (I, 417); er zeichnet uns zunächst die Pyrenäen mit ihren himmelanstrebenden Bergen, die mit Fichten- und Eichenwäldern und ewigem Schnee bedeckt sind; darauf schildert er uns den Sardinenfang, wie er nächtlicherweile an der Küste von Roussillon betrieben wird, um uns sodann das Bild eines Galeerenschiffes und die grausame Behandlung, die dort den Sträflingen zu teil wird, in düstern Farben zu malen. Aber zu lange ist der Dichter bei ernsten Sujets verweilt; die burleske Kraft bäumt sich in ihm auf: *la caprice m'emporte* bekennt er selbst (I, 424), und diesem innersten Drange muss er nachgeben: *Laissons nous donc transporter à la verve!* (I, 425). Er macht sich nun über die lächerlichen Moden seiner Zeit lustig, um darauf ein Zukunftsbild zu entwerfen, wie es seinem Geiste vorschwebte. Er sieht sich schon — Saint-Amant stand damals im Begriff, nach Polen abzureisen — wie einen edlen Polen gekleidet; er hat deren Sprache erlernt, überträgt seine Dichtungen in sie und hat auch seinen guten französischen Namen in *Saint-Amantsky* (I, 430) umgewandelt. Wir sehen, wie weit des Dichters Pläne damals gingen. — Oft knüpft er an Zeitereignisse an, um seinen Stoff dann in burlesker Weise auszuführen, so z. B., wenn er in der *Ode héroï-comique* (I, 394), die aber nicht etwa in der alten Odenform Ronsard's abgefasst ist, den Siegeszug des Prinzen von Condé durch Süddeutschland feiert und ihn auffordert, ja das Heidelberger Fass nicht zu vergessen, da in diesem Kleinod Deutschlands Stärke sich gleichsam verkörpere (I, 404). Das Gleiche ist der Fall in der *Caprice héroï-comique*, *Le passage de Gibraltar* (I, 290), von der in der Biographie die Rede war, und in den *Nobles triolets*. Das *triolet*, das alte *Rondeau*, welches sich im 14., 15. und 16. Jahrhundert so grosser Beliebtheit erfreute, bis es durch die Plejade in die Acht erklärt ward, kam 1649 ganz plötzlich wieder in Aufnahme und Saint-Amant war einer der Ersten, der sich in dieser Strophenform versuchte. Er gibt in der Anfangsstrophe dieser *Nobles triolets* die Regeln an, denen ein gutes Triolet genügen müsse:

> ‚*Pour construire un bon triolet,*
> *Il faut observer ces trois choses,*
> *Sçavoir: que l'air en soit folet,*
> *Pour construire un bon triolet;*
> *Qu'il rentre bien dans le rolet,*
> *Et qu'il tombe au vray lieu des pauses;*
> *Pour construire un bon triolet,*
> *Il faut observer ces trois choses.*' (I, 444.)

Ganz vorzüglich in seiner Art ist ferner das Gedicht *le Poète Crotté*, in welchem (I, 209) Saint-Amant einen jener unzähligen elenden Dichterlinge vorführt, die damals an den Höfen vornehmer Persönlichkeiten ein trauriges Schmarotzerleben führten und bei jeder noch so unbedeutenden Gelegenheit ein ellenlanges Gedicht *in petto* hatten. Er schildert uns, wie jener mehr denn zwanzig Jahre am Hofe zu Paris zugebracht hat, wo er aber nur als Narr galt, dem die Dienerschaft allerhand Schabernack spielte. Voll giftigen Neids gegen andere Dichter, von denen er sich aus der Gunst des Hofes verdrängt glaubte, nimmt er in jämmerlichem Aufzug Abschied von Paris und seiner Herrlichkeit, mit bissigen Ausfällen auf das faule Gerichtswesen (‚*Cil qui plaide est moult peu fin*', I, 218; man merke auf die altertümelnde Sprache!) und auf die Damen, von denen nicht eine einzige mehr in Paris bleiben dürfte, wenn alle *maquerelles* und *garces* aus der Hauptstadt verbannt würden. Insonderheit gedenkt er auch in höchst unzarter Weise der Preziösen, die ihre Besucher in den *ruelles* mit ihrem durch schwere Vorhänge gedämpften Lichte empfingen, damit ihre Hässlichkeit und ihr hohes Alter nicht an den Tag käme. In kläglichen Worten sagt er dem Grèveplatz Lebewohl. Er hatte immer gehofft, auch einmal dort zu Tode gebracht zu werden unter den Augen einer gaffenden Menge, für die das Tagesgespräch zu bilden, ihm eine hohe Ehre gewesen wäre. Am schwersten aber fällt ihm das Scheiden von seiner Geliebten; sie beschwört er bei allem, was sie beide Hässliches und Lächerliches an sich haben, seiner ja nicht zu vergessen; er führt ihr nochmals vor die Augen, welche Opfer er ihr zuliebe gebracht habe, wie er vor allem die alten Worte wie

*„Ains, piçça, los, jaçoit, ardu,
Soulas, opter, blandice, encombre,'* (I, 232.)

die sie so sehr liebte, öffentlich verteidigt habe. Noch einmal richtet er ein Liebeslied an sie, voll des prächtigsten Humors in Form und Inhalt, wird aber dabei von einem Nebenbuhler überfallen und derb abgeprügelt.

2) *La Rome Ridicule.*

Von allen burlesken Gedichten erregte bei weitem das meiste Aufsehen die Kaprice *La Rome Ridicule* (II, 391—425). Sie erschien das erste Mal ohne Angabe des Ortes, der Jahreszahl und des Verlegers im Druck. Doch darf man als Jahr des Entstehens wohl 1643 ansetzen (in dem sich der Dichter in Rom befand), da *Guy Patin* am 17. August 1643 von Paris aus schreibt: *On a mis icy au jour deux petits livrets qui sont rares et precieux en leur sorte, dont l'un est la Rome Ridicule du Sieur de Saint-Amant ...*[1]) — In den einleitenden Strophen macht sich Saint-Amant über den Tiber lustig, den er sich immer als einen wunderschönen Strom vorgestellt hätte, wasserreicher als den Ganges, voll köstlicher Perlen und silberglänzender Fische die krystallreinen Fluten, mit Zuckerrohr an seinen Ufern. Was aber muss er finden, da er selbst an die Ufer kommt, die er sich in seinen Gedanken so reizend ausgemalt hatte?

*Bain de crapeaux, ruissau bourbeus,
Torrent fait de pissat de bœufs,
Canal fluide en pourriture,
Degobillis de quelque mont,
Pus d'un poulain de la nature!* (II, 393, Str. VII.)

Das sind die epitheta ornantia, die er bei seinem Anblicke dem Flusse beilegt, den er trotz seines wohlgenährten Bäuchleins überspringen könnte, selbst wenn er noch dazu hinkte. In Spott

---

[1]) *Lettres de Guy Patin*, nouv. éd. par Reveillé-Parise. Paris, 1846. I, p. 295.

und Hohn ergeht er sich über die Ruinen des alten Rom, die Europa noch als Weltwunder anstaunt. Die Überreste des Grabmals des Hadrian (Moles Hadriani), die Siegessäulen des Trajan und Antonin, die Obelisken, die von den Cäsaren aus Ägypten nach Rom gebracht worden waren, u. a. m. werden von dem Dichter arg mitgenommen. Da empfindet er selbst, dass er sich von seiner Laune hat zu weit hinreissen lassen; er beschliesst, sein Unrecht wieder gut zu machen bei der Statue des Pasquin, indem er nach der Melodie der damals in Paris beim Volke ausserordentlich beliebten *Lanturlus*[1]) eine Hymne zu dessen Füssen *heulen* will. Aber weh! Als er an das alte, verwitterte Steinbild kommt, merkt er, dass dem Gladiatoren die Füsse fehlen. Damit ist wieder alle Reue verflogen, und von neuem entfesselt sich des Dichters pietätloser Übermut. In gleich burlesker Weise spricht er von den Thermen des Diokletian, vom Pantheon und Kapitol, das nur Gimpel loben könnten, da es von Gänsen geliebt ward. Es folgt nun eine ausserordentlich lebendige und anschauliche Darstellung der Spiele, zu denen Romulus die Sabiner eingeladen hatte. Zur Erhöhung der Festfreude wird auch eine Art Jahrmarkt abgehalten, der ein getreues Abbild der berühmten *Foire de Saint-Germain* in Paris ist, reich an Farben und interessanten, lebensvollen Figuren. Da erscheint Romulus selbst; alsbald ertönt ein Signal, die Römer stürzen auf die Sabinerinnen los, *chacun empoigne sa chacune* (II, 403). Wütend verteidigen besonders die Mütter ihre Töchter:

> *Coups de pié, longs éclats de vois*
> *Ongles et dents, tout à la fois,*
> *Sont employez à leur défence.* (II, 404.)

Aber auch die Väter und Brüder suchen die Geraubten zu befreien; sie ergreifen die irdenen Gefässe der feilhaltenden Töpfer und bedienen sich deren als Geschosse. Die so entstandenen Scherben wurden später zusammengetragen zu einem ansehnlichen Hügel, dem *Mons Testaceus (Doliolum)*. Gleich diesem erwecken viele andere Gegenstände in der elenden Stadt, in deren Strassen Eulen nisten, ärgerliche und unangenehme Gedanken. So erinnert eine Insel im Tiber daran, dass hier dereinst die Volkswut das Korn des Tarquinius in die Fluten versenkte. — Einen Berg aber preist Saint-Amant als *noble*, den *Mons Viminalis*, auf dem sich ehemals dem Volksmunde nach ein Bacchustempel befand. Dort ward userm Dichter noch eine uralte Porphyrvase gezeigt, die man mit jenem Gotte in Verbindung brachte. Auf demselben

---

[1]) Vgl. hierzu: Pellisson, *Hist. de l' Ac. Fr.* Paris, 1858. I, p. 462. Ludovic Lalanne, *Curiosités Littéraires.* Paris, 1857. p. 351.

Berge waren noch alte Wasserkünste in Gang; hier spieen Tier-, dort groteske Menschenfratzen Wasser aus, an einer andern Stelle tritt es aus Tritonenhörnern hervor. Bei diesem Anblick kommt Saint-Amant zu dem Resultat:

> *Que l'air de Rome estant mal-sain,*
> *On luy donne aussy des clysteres.* (II, 407.)

Nachdem er noch verschiedene andere Statuen durchgehechelt hat, übt er seinen Witz wieder an lebenden Wesen. Er schlendert auf dem Korso dahin und kann hier das weltliche Treiben des Klerus beobachten. Die hohen Geistlichen zaust er schonungslos wegen ihrer Unsittlichkeit, Aufgeblasenheit und Prachtliebe, die niedern wegen ihrer Bettelhaftigkeit und schmutzigen Habsucht. So wohlig sich Saint-Amant in Paris in seinem *Cabaret* fühlt, ebenso widerwillig betritt er das römische Gasthaus, wo ihm schlechtes Essen und fader Wein das Leben arg verleiden. Gleich erbärmlich ist das Bett, ein wahrer Brudherd von Ungeziefer, mit verfaulter Matratze, so dass er, *die Melone von Frankreich*, auf einem *Mistbeet* zu ruhen scheint. Bitter klagt er dann über die Zudringlichkeit des römischen Volkes dem Fremden gegenüber, um Trinkgelder zu erlangen, eine Unsitte, die noch heute für die Reisenden eine grosse Plage ist. Unbarmherzig geisselt er die erheuchelte Frömmigkeit, die Falschheit und Tücke des Volkes und nimmt von der allgemeinen Verkommenheit auch die Frauen nicht aus:

> *Car l'entretien chaste et benin*
> *Du gentil sexe feminin*
> *Ne s'y permet en nulle sorte.* (II, 420.)

Die Männer müssen stets mit ängstlichem Auge über sie wachen, damit sie sich nicht einen Ehebruch zu schulden kommen lassen, und doch sollte ihre unvergleichliche Hässlichkeit und geistige Armut genügender Schutz für die römischen Frauen sein. Schliesslich lenkt der Dichter unsere Aufmerksamkeit noch auf die Dummheit und Bildungslosigkeit des römischen Volkes, welches den Ort verunziere, da einst Mars sein Szepter führte. Dies habe der Gott in die Hände der Franzosen gelegt, und diese haben es den Nationen bewiesen, dass Frankreich die erste Grossmacht in Europa sei, welches sich nach ihm zu richten habe. So klingt das Ganze noch mit einer Glorifikation des französischen Volkes aus.

Aus den Ausführungen Saint-Amant's erkennen wir, dass zu seiner Zeit in Rom noch ganz das lüderliche und lasterhafte Leben herrschte, wie im 16. Jahrhundert zur Zeit eines Josef Scaliger und Desiderius Erasmus, die in ihren lateinischen Gedichten Rom als den verderbtesten Ort auf Gottes Erde hinstellen.

Dass Saint-Amant nicht zu dick aufgetragen hat, das bezeugen u. a. die ausserordentlich heftigen Satiren auf damalige Zustände, durch welche diese von Italienern selbst schonungslos aufgedeckt werden; ich will hierbei nur auf die Werke eines *Salvator Rosa*,[1]) *Luigi Adimari*[2]) und *Benedetto Menzini*[3]) verweisen. Übrigens ward die Kaprice Saint-Amant's kurz nach ihrem Erscheinen ins Italienische übertragen und zwar in genau derselben Form, wie im Französischen. Der Übersetzer, der recht getreu und mit grosser Gewandtheit zu Werke ging, ist uns unbekannt; möglicherweise stammt die Arbeit von unserm Dichter selbst.[4])

La Rome Ridicule erlangte bald eine grosse Beliebtheit; dies zeigt unter anderem der Umstand, dass *Simon Moinêt*, der eine neue, der Aussprache gemässe Orthographie ersonnen hatte, diese Dichtung wählte, um dem Publikum seine Erfindung zur Begutachtung vorzulegen und Anhänger für sie zu gewinnen.[5]) Wäre die Lektüre der Kaprice Saint-Amant's nicht eine sehr gesuchte gewesen, so hätte sie *Moinêt* sicherlich nicht für seine Zwecke auserlesen.

Den schlagendsten Beweis jedoch für die Wirkung und den Erfolg des Schriftchens liefern uns die vielfachen Nachahmungen, die es hervorrief. Es lag dies im Geiste der damaligen Zeit: Hatte einmal ein genial angelegter Kopf etwas wirklich Originelles geleistet, so stürzte sich sofort eine Menge mehr oder weniger begabter Geister auf dasselbe Sujet und wiederholte es in allen möglichen Variationen, erweiternd, modifizierend oder die Tendenz des Originals weit übertreibend. Das letztere ist entschieden der Fall in der Dichtung *Paris Ridicule* von *Claude le Petit*, 1655/56 abgefasst, aber erst 1668 in Amsterdam gedruckt. Der Autor weist in den ersten Versen selbst auf Saint-Amant hin, von dem er die Anregung empfangen habe:

> *Jadis Saint-Amant par caprice*
> *Mit Rome en son plus vilain jour;*
> *J'en veux à Paris, à mon tour:*
> *Muse, ne fais point la novice,*
> *Mettons nous dans un bon endroit,*
> *Ouvrons les yeux à gauche, à droit,*

---

[1]) *Satire dedicate a Settano.* Amsterdam, 1719.
[2]) *Satire.* Amsterdam, 1716.
[3]) *Satire. con note di varij.* Amsterdam, 1718.
[4]) *Roma Contrafatta del Signore de Saint-Amant.* sl. et a.; von *Livet* in seiner Ausg. der Werke St-Amant's nicht abgedruckt, in den alten Ausgaben neben dem Original stehend.
[5]) *La Rome Ridicule du Sieur de Saint-Amant, travestie à la nouvele ortografe, pure invantion de Simon Moinêt, Parisien;* A Amsterdam, aus dépans é de l'imprimerie de Simon Moinêt. 1663. in-8º.

Que tout passe par l'étamine!
N'épargnons ny places, ny lieux,
N'épargnons ny palais, ny cuisine,
N'épargnons ny diables, ny dieux!

In gleichem Sinne ist ferner *la Ville de Paris en vers burlesques* von *Berthod* 1650 abgefasst, eine Dichtung, welche von *François Colletet* 1658 in seinem *Tracas de Paris* (gedruckt erst 1666) weiter fortgesetzt ward, wie denn auch Colletet auf dem Titelblatt sein Werk selbst als *Seconde Partie de la Ville de Paris* bezeichnet. Hierher gehört auch *Boileau's* 6. Satire, wo die tausenderlei kleinen Unannehmlichkeiten und Leiden der Pariser geschildert werden.[1]) Zu ihr lieferte neben Juvenal (Sat. III.) sicher auch Saint-Amant dem Dichter Stoff und Anregung. Ausserdem sind dieser Richtung noch zuzuzählen *Amsterdam Ridicule*[2]) von *Pierre le Jolle* und *Madrid Ridicule,*[3]) dessen Autorschaft man einem *Sieur de Blainville* zuschiebt.

So entwickelte sich auf Grund der Dichtung des Saint-Amant eine eigentümliche kleine Litteratur, deren Erzeugnisse, wenn sie auch einen eigentlich poetischen, ästhetischen Wert kaum haben, doch interessante Streiflichter auf Sitte und Kultur ihrer Zeit werfen und noch heute dem Leser ein heiteres Lachen abgewinnen können. Die Beliebtheit dieser Gedichte erhielt sich bis ins folgende Jahrhundert, so dass ein *Sieur D.* 1714 einige von ihnen gesammelt herausgab (Amsterdam). — *La Rome Ridicule* ist in hundertein Strophen abgefasst, deren jede aus zehn Achtsilbern mit dem Reimschema abba | cc | dede besteht. Um eine Probe der italienischen Übersetzung zu geben, will ich hier die erste und letzte Strophe in beiden Versionen nebeneinander stellen.

Il vous sied bien, Monsieur le Tibre,	*Parti ben Tebro meschino,*
De faire ainsi tant de façon,	*Di far tanto il bell'humore,*
Vous dans qui le moindre poisson	*Nel cui mobile liquore*
A peine a le mouvement libre;	*Appena nuteria un presciolino!*
Il vous sied bien de vous vanter	*Grand inrer' è 'l tuo vantare,*
D'avoir de quoy le disputer	*Di non haver alcun pare*
A tous les fleuves de la terre,	*Tra li fiume dela terra,*
Vous qui, comblé de trois moulins,	*Che colmo di tre molini*
N'oseries daffier en guerre	*Tu non sfidaresti in guerra*
La riviere des Gobelins.	*La riviera de' Goblini.*

---

[1]) Die 6. *Satire* Boileau's bildete ursprünglich bekanntlich nur einen Teil der 1., die 1660 erschien.

[2]) *Description de la Ville d'Amsterdam. En vers burlesques. Selon la visite de six jours d'une semaine.* Par Pierre Le Jolle. Amsterdam, Jaques Le Curieux, 1666.

[3]) *Madrid Ridicule, Poème Burlesque. Avec des Remarques Historiques.* Par le Sieur B.***, ci-devant Secretaire d'Ambassade en Espagne. Madrid, 1697.

CI. *Pour achever en galand homme,*
Je dy que je foy plus d'état
Des vignes de la Cioutat
Que de toutes celles de Rome;
Et d'ailleurs je ne pense point
Qu'elle s'échauffe en son pourpoint
Sur ce titre de ridicule,
Puisqu'on voit encore en ce lieu
Qu'au pair d'un Mars ou d'un Hercule
Elle en fit autrefois un dieu.

CI. *Per finir da huomo galania,*
Maggior stima in veritate
Fo de' i vin de la ciutate,
Che di quanti Roma si vante.
Ne scaldarsi troppo affé
Ella deve perche da me
Contrafatta viens in parta;
Poiche già qual Dio adorò,
Al par d'Ercole, e di Marte,
Un ridicol, che l'inventò.

3) *L'Albion.*

Die freundliche Aufnahme, welche *La Rome Ridicule* bei den Zeitgenossen fand, ermutigte unsern Dichter, die einmal betretene Bahn fortzusetzen, und so dichtete er bereits ein Jahr später (1644) eine zweite grössere *Caprice héroï-comique*, welche die Verhältnisse von England geisselt und daher den Titel *L'Albion* trägt (II, 435—471). Wie *La Rome Ridicule* in der verspotteten Stadt selbst entstand und so die Eindrücke, die sie auf den Dichter machte, unmittelbar wiedergibt, so ward auch *L'Albion* während eines Aufenthalts in London abgefasst. Sie ist dem Marschall *Bassompierre* gewidmet, den *Richelieu* 1631 in die *Bastille* hatte stecken lassen, wo er zwölf Jahre lang, bis zum Tode des Kardinals, schmachten musste.[1] An diesen *Bassompierre* richtet Saint-Amant die ersten Strophen und teilt ihm darin sein Vorhaben und Thema mit:

> *Donnons luy (à l'Anglois) l'air farouche*
> *En cette rebellion*
> *Non d'un généreux lion,*
> *Mais d'un cheval fort en bouche;*
> *Qu'il ait un peu de pourceau,*
> *Et reclamant le rousseau*
> *Qu'en Parnasse l'on adore,*
> *Pour en faire une hydre encore*
> *Esbranlons nostre pinceau.* (II, 439.)

Als Grundzüge des englischen Charakters stellt Saint-Amant die Narrheit und Unverschämtheit hin; der loyale, streng konservative Franzose, der treue Sohn der katholischen Kirche, empfindet ein Greuel vor den Engländern, die frech an den göttlichen Institutionen des Königtumes und der Kirche zu rütteln wagen. Er beklagt das harte Geschick der Königin, die bei stürmischer See das unheimliche Land ihres Gemahls verliess, um nach Holland zu flüchten. Den Grund für die feindselige Stimmung des Volkes gegen seinen König glaubt Saint-Amant besonders darin zu finden, dass Karl in freundschaftlichen Beziehungen zu

---

[1] Michel le Vassor, *Histoire du règne de Louis XIII.* Amsterdam, 1704. VI, p. 662.

Spanien stehe, zu dem Lande also, welches Frankreich soviel zu schaffen machte. Die reformierten Geistlichen, die immer die schönsten Mädchen des Landes heimführen, sind ihm ein Dorn im Auge. Sie haben die Musik aus der Kirche verbannt:

*De leurs voultes mal regies
Les chanoines sont exclus;
Elles ne respondent plus
Aux bruyantes liturgies;
On n'oit plus comme autrefois
Retentir les grosses voix
Des basses aux rouges trongnes
Qui, grimassant en yvrongnes,
Absorboyent fluste et haubois.* (II, 454.)

Also auch die alten kirchlichen Einrichtungen von England bekommen ihren Hieb mit ab. Die Musik hat sich zurückgezogen

*. . . . . . au cabaret,
Où le blanc ou le clairet
Voit sa gloire frelatée;
Seulement quand du soleil
Avec un leste appareil
Les chevaux refont gambade,
Quelque malheureuse aubade
Vient lanterner mon sommeil.* (II, 454.)

Wenn diese erbärmlichen Musikanten nicht durch ihre entsetzlichen Töne die Ohren des Fremden beleidigen, so umkreisen sie ihn in diebischer Absicht. Die Polizei befasst sich nicht mit dem Einfangen dieses Gesindels:

Thémis, l'aveugle, est sourde et muette icy. (II, 456.)

Hat man aber einmal solch einen Gauner auf frischer That ertappt und dem Gericht überliefert, so macht dieses kurzen Prozess: Die Räuber werden einfach am nächsten Galgen gehenkt, was sie mit viehischer Stumpfheit über sich ergehen lassen. Fürs Henken ist der Engländer überhaupt sehr eingenommen

*. . . l'Anglois est un oyson
Si fait à la pendaison
Qu'au premier mal qu'il se forge
Il se pèse par la gorge
Aux poutres de sa maison.* (II, 457.)

Je gleichgiltiger er aber in den schimpflichen Tod geht, umso feiger ist er auf dem Felde der Ehre. Und dennoch erdreistet sich der Frechling, sich grösserer Tapferkeit zu rühmen, als die Franzosen besässen, unter Hinweis auf die Siege Englands unter Heinrich IV. gegen Karl XII. Diese Niederlagen der Franzosen führt Saint-Amant aber nicht auf Mangel an Mut, sondern auf die grosse Zersplitterung und innere Uneinigkeit Frankreichs zu jener Zeit zurück. Er schildert das Eingreifen der *Jeanne d'Arc*, dieser *terrible poulette* (II, 459), und verweist hierbei auf *Chapelain*, der schon diesen Stoff in seiner *Pucelle* bearbeite und ihm deshalb ein weiteres Eingehen erspare. Über die englischen Dichter, die sich zu der kühnen Annahme versteigen, mit ihren Leistungen die Alten übertroffen zu haben, äussert er sich sehr wegwerfend, um darauf die Pfeile seines Witzes in sehr ergötzlichen Versen gegen die englischen Schauspieler abzuschiessen (II, 463), die er als Muster von geschmackloser Plumpheit und geistiger Beschränktheit hinstellt. Das Publikum liebt Gruselstücke und Schauertragödien, und diese können ihm nicht lang genug sein. Nachdem Saint-Amant noch den englischen Frauen das Schlimmste nachgesagt hat, handelt er von dem bösen Klima, den schlechten Strassen der englischen Städte, der Unhöflichkeit ihrer Bewohner und den schlampigen Köchinnen, die das wenig einladende Mahl zubereiten. Er wünscht dem entarteten Volke recht strenge und energische Herrscher, die es wieder zu Zucht und Ordnung bringen möchten, und schliesst mit der Strophe:

> *Quant au reste, pour te dire,*
> *Ou cher ou hay lecteur,*
> *Qui de ces vers est l'autheur,*
> *Et qui t'a fait geindre ou rire,*
> *Si ce n'est ce Saint-Amant,*
> *Ce bon pifre à l'air charmant*
> *Qui fut autrefois à Romme,*
> *Il luy ressemble, et se nomme*
> *Le Democrite normant.*
> *C'est fait!*   (II, 471.)

Wenn wir auch aus den vielen Satiren, die im 17. Jahrhundert in England erschienen, zur Genüge wissen, dass eine verkommene, schamlose Gesellschaft dort lebte, so mag es doch ganz so schlimm, wie es Saint-Amant oft darstellt, nicht gewesen sein. Der Dichter lässt vielmehr auch hier seinem masslosen Übermute die Zügel schiessen, und so konnten jene Zerrbilder entstehen, die ihren komischen Effekt auf den Leser jedenfalls nicht verfehlen. Dass Saint-Amant für die freiheitlichen Bestrebungen Englands auf staatlichem und kirchlichem Gebiete und für die Werke seiner Schriftsteller keinen Sinn haben konnte, nimmt uns nicht wunder. In Frankreich war eben damals noch die Macht des Königs und des Papstes, besonders wenn beide zusammengingen, unerschüttert stark, und das rechte Verständnis für die englische Litteratur ging den Franzosen ja erst im Anfange unsres Jahrhunderts auf. Noch Voltaire, der aufgeklärte, freisinnige, scharfblickende Voltaire betrachtet Shakespeare trotz seiner anfänglichen Sympathie für den grossen Briten (bis 1762) als einen plumpen, geistlosen, possenhaften Spassvogel.¹) Ausserdem müssen wir noch den ausgesprochenen Nationaldünkel der Franzosen in Betracht ziehen, der alles lächerlich und wertlos fand, was nicht aus ihrer Mitte hervorgegangen war. Was übrigens die Schilderung der Frauen betrifft, so hatte Saint-Amant möglicherweise französische Zustände im Auge; denn *cocu* und *cocuage*, das waren Worte, die in der damaligen französischen Gesellschaft und Litteratur eine grosse Rolle spielten.

L'Albion erschien zum erstenmale in der Ausgabe der Werke unsres Dichters von *Livet* (1855); vielleicht dass Saint-Amant keinen Verleger gefunden hatte, da man infolge der unerbittlichen Strenge, mit welcher die Regierung gegen Verleger, Drucker und Verkäufer von missliebigen Büchern einschritt — speziell gegen Drucker und Verleger der *Rome Ridicule* eingeschritten war — mit ausserordentlicher Vorsicht zu Rate ging. Zwei volle Jahrhunderte hindurch blieb *L'Albion* als Manuskript liegen, und aus dieser Thatsache erklärt es sich, dass diese Dichtung von Zeitgenossen gar nicht erwähnt wird, welche der ihr so innig verwandten *Rome Ridicule* ziemlich häufig und immer mit Lobeserhebungen gedenken.

Die Kaprice zählt einhundertzwanzig Stanzen von je neun Siebensilblern, die das Reimschema abba | cc | dde aufweisen.²)

4) Würdigung der burlesken Dichtung Saint-Amant's.

Fragen wir uns nun, ob sich Saint-Amant durch die Pflege dieser regellosen, burlesken Dichtung, die ästhetischen Wert nur in allerletzter Linie besitzt, irgend ein nennenswertes Verdienst um seine Muttersprache erworben hat? Ich glaube, dass wir diese Frage getrost mit „ja" beantworten können, und möchte mich in diesem Punkte ganz den Ausführungen Livet's anschliessen, welcher sagt: *Ce style burlesque a eu sa raison d'être; il était nécessaire pour faire perdre à notre langue ces allures de grande dame qu'elle avait prises depuis le commencement du siècle, cette roideur que lui avait imposée Balzac, cette marche compassée qu'elle n'osait quitter pour s'ébattre. Et que de tours nouveaux a apportés l'école des Saint-Amant et des Scarron! Que de mots elle a conservés, que d'expressions elle a trouvées! Cent ans plus tôt, le burlesque eût été déplacé, puisque la langue n'avait rien perdu de sa verve badine, de son entrain capricieux, de sa malice naïve, puisque Marot vivait. Cent ans plus tard, il ne pouvait*

---

¹) Richard Mahrenholtz, *Voltaire's Leben und Werke*. 2 Bände. Oppeln, 1885. I, S. 94, 95.
²) Nicht '121 stances de 7 vers', wie *Livet* (I, XXIX) angiebt.

plus exister, parceque la langue assouplie se pliait de bonne grâce à toutes les fantaisies de l'écrivain; mais après Balzac, après Malherbe, le badinage, même exagéré, ne pouvait qu'enrichir la langue.[1])

Wenn ich mich bei der Darstellung der burlesken Dichtung Saint-Amant's etwas länger aufgehalten und mit Analysen nicht gekargt habe, so geschah dies einmal in der Erkenntnis, dass der Witz und die komische Begabung eines Dichters nur in der Kleinmalerei, im Detail sich wiederspiegeln kann, das andere Mal in der Absicht, nachzuweisen, wie sich der Humor Saint-Amant's seines Stoffes bemächtigt, wie er uns immer wieder in anderen Formen entgegentritt, immer neu, originell und anziehend. Die drei gefährlichen Klippen, die dem, der sich auf dem Gebiete der burlesken Muse versucht, leicht verhängnisvoll werden können, die Persönlichkeit, die sich mit hämischem Herzen über andere lustig macht, die Frivolität, die das Höchste frech in den Staub herabzieht, und die Obscönität, die mit innerer Freude gemeine und niedrige Sujets behandelt, hat Saint-Amant glücklich zu umschiffen gewusst, nicht aber, ohne die letzte wenigstens leicht zu streifen. Hier und da läuft auch bei ihm eine Zote mit unter, hier und da fällt der Blick beim Durchblättern seiner Werke auf ein in griechischen Lettern gedrucktes Wort, wir begegnen sogar einem ganzen Gedichte, welches eine fortgesetzte Zote genannt werden kann[2]): hüten wir uns aber sehr, dafür den Dichter allein anzuklagen. Die Menschen des XVII. Jahrhunderts, vor allem die Pariser, waren nichts weniger als Tugendspiegel, und was wir heute als arge Obscönität, als starken Verstoss gegen laute Sitte empfinden, das sah eine rauhere Zeit, wo das moralische Gefühl durch endlose Kriege, unaufhörliches Blutvergiessen und den brutalen Sieg der stärkeren oder in Intriguen geschickteren Hand ungemein abgestumpft war, mit ganz anderen Augen an. Trotz alledem müssen wir bekennen, dass die ausgesprochene Freude am Obscönen, wie sie uns z. B. im *Parnasse Satyrique*[3]) oder *Cabinet Satyrique*[4]) mit erschreckender Blösse entgegentritt

---

[1]) *Bulletin du Bibliophile*, publiée par J. Techener. Paris, 1852. p. 1020.

[2]) *Caprice de C.* (II, 506—510).

[3]) *Le Parnasse des poètes satyriques ou recueil des vers gaillards et satyriques de nostre temps*. Paris, 1623.

[4]) *Le Cabinet Satyrique ou recueil de vers piquans et gaillards de ce temps. Imprimé au Mont Parnasse*, MDCXCVII. Vgl. hierzu Tallemant des Réaux, *Historiettes*, III° Edition par M. Monmerqué. Paris, VI, 137: *M. de Montbazon, Hercule de Rohan fut si sot que d'aller dire au feu roi que la Reine* (Anna von Österreich) *et Mme de Chevreuse lisaient le Cabinet Satyrique.*

und die Namen eines Théophile de Viaud, Régnier, Motin, Sigogne u. s. w. für alle Zeiten gebrandmarkt hat, in Saint-Amant's burlesken Gedichten nie aufkeimt.

5. Sonettendichtung.

Bevor ich zu den Werken der 3. Periode übergehe, möchte ich noch in aller Kürze die *Sonettendichtung* Saint-Amant's betrachten.

Auch bei den vierzig Sonetten, die Saint-Amant fast ausschliesslich in seiner ersten und zweiten Periode verfasste, müssen wir einen Unterschied machen zwischen solchen, die einen ernsten Stoff behandeln, und denjenigen, die der burlesken Richtung angehören.

Die Sonette der ersten Art erheben sich kaum über das gewöhnliche Niveau der Sonette jener Zeit und sind meistenteils Gelegenheitsgedichte zur Verherrlichung hochstehender Gönner. Sie enthalten demzufolge galante Schmeicheleien, höfliche Artigkeiten, und die Tendenz des Dichters, seinen *esprit* zu zeigen, tritt in vielen von ihnen zutage. In anderen behandelt er Zeitereignisse (I, 270, 271, 439, 440...) oder Liebesfragen (I, 132, 133, 354). Wie George de Scudery hat auch er vier Sonette auf die vier Jahreszeiten gedichtet, von denen das auf den Winter wohl das beste ist. (I, 391—393.) Ein Zug tiefer, hoffnungsloser Schwermut, wie er unserm Dichter sonst eigentlich fremd ist, weht durch das schöne Sonett, welches beginnt:

> *Assis sur un fagot, une pipe à la main*
> *Tristement accoudé contre une cheminée*
> *Les yeux fixés vers terre et l'âme mutinée,*
> *Je songe aux cruautés de mon sort inhumain.* (I, 182.)

Entschieden höheren Wert haben die burlesken Sonette Saint-Amant's. Hier fühlt er sich in seinem Elemente, hier kann er seine persönliche Begabung ohne jede Rücksicht auf Sitte und Galanterie frei walten und schalten lassen. Diese Sonette sind kleine groteske Genrebilder, voll Kraft und Feuer der Konzeption, kleine künstlerische Meisterwerke einer warmen, plastischen Darstellung, der sich guter, origineller Witz beigesellt. Man lese nur die Sonette I, 183, 184, 185, 188, 243, 244, 464; so malerische Figuren wie sie uns Saint-Amant hier mit mutwilliger Lust in wenigen genialen Zügen so anschaulich und farbengesättigt vor die Seele führt, finden wir kaum in der Dichtung eines Volkes wieder; es sind dies Gestalten, denen wir nur wieder begegnen, wenn wir die Grotesken eines Callot durchblättern.

Was die metrische Form betrifft, so sind die meisten Sonette in Alexandrinern (wie bei Du Bellay) abgefasst, nur drei in

Zehnsilbern (wie noch die meisten bei Ronsard) und ein einziges (I, 465) in Achtsilblern (wie z. B. Benserade's berühmtes Sonett: *Job de mille tourments atteint* . . .). Die Reimstellung in den Quartetten ist durchgängig die seit Petrarka gebräuchliche *(abba)*; nur ein einziges (II, 440) macht eine Ausnahme, indem es im ersten Quartett die Reime *abab*, im zweiten aber (wie dies damals nicht selten war und auch in dem eben erwähnten Sonett von Benserade der Fall ist) *baba* aufweist. Am häufigsten ist das Reimschema in den Terzetten *ced-ede (eed)*; freiere Bewegungen des Reimes in den Terzetten, wie wir sie oft bei zeitgenössischen Dichtern, insonderheit bei den Angehörigen der Plejade finden, bietet Saint-Amant nicht.

Hinweisen will ich schliesslich nur noch auf eine ganze Anzahl von Epigrammen, welche zum Teil recht witzig sind und einfache Gedanken in gefälliger und ansprechender Form zum Ausdruck bringen.

D. Werke der III. Periode.

1. Kürzere Dichtungen.

Die Werke der dritten und letzten Periode haben eine vorwiegend religiöse Richtung. Zwar versuchte es Saint-Amant zu verschiedenen Malen, den burlesken Ton wieder anzuschlagen, aber der greisende Dichter kann nicht mehr mit der Kraft und Frische des Geistes empfinden und das Empfundene mit der Schärfe wiedergeben, wie in früheren Zeiten, und somit fehlte ihm die Hauptbedingung für das rechte Gelingen in der Burleske. Deshalb stehen auch die burlesken Gedichte der dritten Periode wie *La Polonaise* (II, 26), *Galanterie Champestre* (II, 73), *La Rade* (II, 76) durchaus nicht auf gleicher Höhe mit denen der ersten und zweiten Periode. Man merkt es sofort, dass ihnen etwas von der Ursprünglichkeit und Unmittelbarkeit jener abgeht; Saint-Amant konnte eben wegen seiner hohen Jahre — um mit unserem Jöcher zu reden — *sein liederliches Leben nicht mehr weiterführen, bei dem er sich sonderlich im Truncke und Taback übernommen hatte;*[1]) auch war ja im Laufe der Zeit jener lärmende, immer durstige Freundeskreis auseinander gegangen; die einen waren gestorben, die anderen sehnten sich hochbejahrt nach der Ruhe des Alters. So lebte auch unser Dichter einsam und zurückgezogen in der Welt religiöser Betrachtungen, als deren Frucht

---

[1]) Chr. Gottl. Jöcher, *Allgem. Gelehrten-Lexikon.* Leipzig, 1751. IV, p. 34.

eine Reihe von Dichtungen religiösen Inhalts gelten können, welche selbst spitzfindiger, dogmatischer Auseinandersetzungen nicht ermangeln. In ihnen ist ein ernster, dem Gegenstand entsprechend würdiger Ton wohl getroffen, aber meistens vermissen wir Schwung und Feuer der Begeisterung. Corneille's *Imitation de Jesus Christ*, die seit 1651 erschien und ihrem Verfasser viel Ruhm einbrachte, veranlasste unseren Dichter zu einem längeren Gedichte, in welchem auch er in die allgemeinen Lobpreisungen jenes Werkes mit einstimmte. *(Stances à M. Corneille sur son Imitation de Jesus Christ*, II, 100—113). Ebenso schwächlich erscheint das Fragment *D'une Méditation sur le Crucifix*, wenn auch nicht zu verkennen ist, dass es der Ausfluss einer wahren, frommen Empfindung ist. Was den Werken dieser Gattung an Frische abgeht, das suchte Saint-Amant durch eine künstliche Strophenform zu ersetzen, indem er Achtsilbler mit Alexandrinern mischte.

2. *Moÿse Sauvé*.

Auch dasjenige Werk Saint-Amant's, welches durch Boileau's abfällige Kritik den Namen seines Verfassers am meisten in Misskredit gebracht hat, der *Moÿse Sauvé* erhielt in dieser letzten Periode seine endgiltige Gestalt. Mehr als elf Jahre hat der Dichter, allerdings mit vielen Pausen und Unterbrechungen, an demselben gearbeitet. Bereits in seiner *Avant-Satire*, die im zweiten Teil seiner Gedichte 1642 erschien, macht er Andeutungen, aus denen wir entnehmen, dass er damals den Plan gefasst hatte, Moses zu besingen (I, 325). In der *Epistre heroïcomique* an Herzog Gaston von Orleans, welche 1644 während der Belagerung von Gravelines entstand, spricht Saint-Amant schon von den *cayers* (cahiers) seines *Moÿse* (I, 369). Sie haben ihm von Kennern viel Lob eingetragen, und er warte nur auf den Befehl Gaston's, sie zu veröffentlichen. Gleichzeitig gibt er der Hoffnung Ausdruck, dass ihm dies Werk eine geistliche Pfründe einbringen möge; nach der Meinung seiner Freunde müsse sich der lange Rock über seinem wohlbeleibten Körper gar nicht übel ausnehmen. Da Gaston aber — wie es scheint — keine Miene machte, sich für den Dichter zu verwenden, so sandte dieser 1647 einen Teil seines Moses mit einem Widmungssonett (I, 416) an die Königin Marie-Louise von Polen. In seiner ersten Gestalt mag dann das ganze Gedicht gegen Ende April 1648 vollendet gewesen sein, wie sich aus einem Briefe des Dichters an *Nicolas Bretel, Sieur de Gremonville*, der in Venedig Gesandter war, vom 1. April 1648 vermuten lässt (II, 491). Aber mit dieser ersten Form war Saint-Amant nicht zufrieden, und darum beschloss er *de changer toute la face et toute la tissure.*[1]) Vergebens versuchte er, diese Umänderung 1650 während seines Aufenthalts am polnischen Königshofe vorzunehmen; er musste nur zu bald einsehen, dass die Musen der Seine ihm nicht in die Fremde gefolgt waren. Aus diesem Grunde kehrte er 1651 nach Paris zurück, wo er seine Dichtung einer durchgreifenden Umgestaltung unterzog, in der sie 1653 zum erstenmale in zwölf *Parties* gedruckt erschien. Ehe ich nun zu einer Besprechung dieses umfangreichsten aller Werke Saint-Amant's übergehe, scheint es mir geraten, eine knappe Analyse desselben zu geben, um zugleich die Art der Komposition zu zeigen.

Première Partie (II, 151, ff.). Nachdem der Dichter in den ersten Versen sein Thema ganz kurz angedeutet hat, wendet er sich an die Königin Louise von Polen, der er sein Werk zueignete, mit der Bitte, sie wolle demselben ihre Gunst schenken und es so vor der Vergessenheit wahren, wie ja auch Moses von einer Frau vor sicherem Untergang gerettet worden sei. Dann ruft er Moses selbst als Helfer an, um uns darauf nach Memphis zu versetzen, wo ein grausamer Herrscher die Israëliten zu Frohndiensten aller Art zwingt. Ihm ist durch ein Orakel verkündet worden:

Que d'un fidele tronc un rameau sortiroit
Dont l'ombrage fatal l'Egipte estoufferoit. (II, 154.)

Diesem vorzubeugen hatte er die Ermordung aller neugeborenen Knaben der Juden angeordnet. Jokabel aber, deren Gatten Amram durch einen göttlichen Boten ihres Kindes hohe Mission offenbart worden ist, erzieht dasselbe in der Stille und Verborgenheit. Schon dreimal hatten die Ägypter ihre Wohnung durchsucht, stets jedoch war es der mütterlichen Klugheit gelungen, das Knäblein ihren Augen zu verbergen. Da droht die Gefahr ein viertes mal; eindringlicher denn je ist das peinlichste Nachsuchen befohlen worden. Nun entschliessen sich die beiden, ihr Kind ausserhalb des Hauses zu verbergen in einem Behälter aus Schilf im Rohrdickicht des Niles. Die Stelle selbst wird ihnen durch ein göttliches Zeichen bestimmt, welches sie von ihrer Wohnung aus am nächtlichen Himmel wahrnehmen:

Ce fut un trait de feu qui, comme une fusée,
Commençant sur leur toit une ligne embrasée,
Avec sa pointe d'or les tenebres perça,
D'un cours bruyant et pront vers le Nil se glissa;

---

[1]) Vgl. die *Epistre à la Reyne de Suède*, welche in den von Saint-Amant selbst besorgten Drucken vor dem *Moyse Sauvé* steht, von Livet aber nicht mit abgedruckt worden ist.

Fit loin estinceler sa flamme petillante,
Et, laissant en la nue une trace brillante,
S'en alla dans cette onde esteindre son ardeur,
Et remplir l'air d'autour d'une agreable odeur. (II, 159.)

Dort setzen sie ihr Kind in einer Bucht aus, die das Forttreiben verhinderte, und überlassen alles andre der göttlichen Fügung.
Seconde Partie. (II, 164 ff.) Jokabel kehrt nach Hause zurück, wo sie schon Leute vorfindet, die ihre Wohnung durchstöbern, nach erfolglosem Suchen aber mit grimmen Flüchen abziehen müssen. Ihre Tochter Marie hütet indessen in der Nähe des Orts der Aussetzung die Schafe und überwacht zugleich das Geschick des Brüderchens. Bald stellt sich mit seiner Herde ihr Geliebter Elisaph ein, und unter mancherlei Gesprächen vertreiben sie sich die Zeit, indem sie aus Schilf zierliche Käfige flechten. So trifft sie der Fischer Merary, der in das Geheimnis eingeweiht wird, dass das Kind wohlgeborgen sei. Auf die Bitten der Liebenden erzählt er die Geschichte Jakob's; er beginnt mit dessen Geburt, berichtet, wie Esau um die Erstgeburt gebracht wird, wie der blinde Isaak von seiner Gattin Rebekka und Jakob hintergangen wird, wie sich hieraus ein feindliches Verhältnis zwischen den beiden Brüdern entwickelt, so dass sich Jakob, um dem Hass Esau's zu entgehen, auf den Rat seiner Mutter zu Laban begibt, um eine von dessen Töchtern zu freien. Unterwegs hat er den Traum von der Himmelsleiter, den ihm sein treuer Diener Nebur deutet. *[Troisième Partie.* (II, 179 ff.)] Jakob gelobt, später an dieser Stelle, da ihn Gott im Schlafe heimsuchte, einen Tempel zu errichten.

Hier wird Merary in seiner Erzählung plötzlich unterbrochen, indem ein gewaltiges Krokodil aus dem Nil steigt und geradeswegs auf den Ort losgeht, wo das Knäblein verborgen ist. Elisaph und Merary eilen auf das Untier zu, und, unterstützt von ihren Hunden und Ichneumons, gelingt es ihnen, es nach hartem Kampfe zu erlegen. Elisaph sinkt bleich und ohnmächtig zu Boden; aus einem seiner Beine rieselt Blut hervor; das Krokodil hat ihn gebissen, ohne dass er es in der Hitze des Kampfes gemerkt hätte. Während sich Merary anschickt, heilkräftige Kräuter zu suchen, erscheint ihm eine nebelhafte Gestalt, die auf eine bestimmte Pflanze deutet, um darauf wieder in nichts zu zerfliessen. Diese Pflanze wird auf die Wunde gelegt; Elisaph springt gesund und munter auf und schlägt dem getöteten Tier den Kopf ab, den er als Siegeszeichen auf einer kleinen Erhöhung des Bodens aufstellt.

Darauf versetzt uns Saint-Amant wieder in Amrams friedliche Hütte, wo Jokabel am hellen lichten Tage, als sie eben mit einer kunstvollen Nadelarbeit beschäftigt ist, plötzlich in einen tiefen Schlaf verfällt und die Zukunft ihres Sohnes in einem wunderbaren Traume erblickt. *[Quatriesme Partie.* (II, 193 ff.)] Sie träumt, wie eine ägyptische Prinzessin ihr Knäblein an sich nimmt und es Moses nennt; sie adoptiert ihn und zeigt ihn später ihrem Vater, dem Pharao. Dieser übergibt ihm zum Zeichen seiner Anerkennung seine Krone, die Moses aber zu Boden wirft und mit Füssen tritt. Darauf erblickt sie ihren Sohn als gewaltigen Heerführer, der Äthiopien mit starkem Arm unterwirft und siegekrönt nach Ägypten zurückkehrt. Da sind plötzlich seine stolzen Streiter wieder verschwunden; Moses ist allein und erschlägt nach hartem Kampfe einen ägyptischen Aufseher, der einen israelitischen Arbeiter grausam gezüchtigt hatte. Moses scharrt den Leichnam ein und flieht zu den Midianitern, wo er seine Hochzeit unter fröhlichen Festen feiert. Gleich den Einwohnern wird Moses Hirte, und als er einst seine Schafe weidete, erscheint ihm Gott in der Gestalt eines in Flammen stehenden Busches. Wir erfahren weiter, wie Moses und Aaron ihre hohe Mission erhalten, wie Pharao's Starrsinn, nachdem die sieben Plagen *[Cinquiesme Partie.* (II, 207 ff.)] Ägypten verwüstet haben, gebrochen und die Freilassung der Israeliten gewährt ist. Es wird darauf der Auszug des jüdischen Volkes, die Verfolgung durch Pharao, sowie dessen und seines Heeres Untergang im Roten Meere geschildert. Die Israeliten stimmen Festhymnen an und beginnen den Zug durch die Wüste, der sie unter vielen Kämpfen bis an den Sinai führt. *[Sixiesme Partie.* (II, 222 ff.)] Dort wird das Gesetz gegeben; wir hören von der Anbetung des goldenen Kalbes, von der Strafe, welche die aufrührerische Rotte Kohra trifft, und endlich von der Erwählung Aaron's zum Priestertume.

Als alle diese Bilder vor der Phantasie der schlummernden Jokabel vorübergezogen, erwacht diese plötzlich aus ihrem etwas langen und absonderlichen Traume durch das Getöse eines furchtbaren Gewitters. Laut grollt der Donner, gewaltige Blitze zucken am Himmel hinab, und in mächtigen Wogen schäumt des Niles aufgeregte Flut, auf der das Schilfkästlein mit dem Kinde bald da, bald dorthin geworfen wird. An dies denkt die Mutter zuerst; der Gedanke, dass das schwache Schifflein schon längst von dem wilden Wellenschlag zertrümmert sein könnte, bringt sie zur Verzweiflung. Sie eilt zum Fenster, um sich hinabzustürzen, wird aber durch ihren Sohn Aaron an diesem Vorhaben gehindert. Sein Haupt ist von einer Strahlenkrone umgeben, und in prophetischen Worten verkündet er der Jokabel, dass Moses wohlbehalten sei und dereinst zu hohem Ruhme kommen werde.

Jokabel weint über ihren Kleinmut bittre Reuethränen, die ein
Engel in einem köstlichen Gefäss dem Höchsten überbringt.
Gott verwandelt sie in himmlischen Nektar, mit dem der Engel
das Kind stärken soll. Er gebietet den Elementen Ruhe; der
weite Spiegel des Niles glättet sich alsbald, seine Ufer klingen
wieder

>...... *des sons* (II, 238)
> *De mille rossignols perchez sur les buissons,*
> *Où faisant retentir leur douce violence,*
> *Ils rendent le bruit mesme agreable au Silence,*
> *Et d'accents gracieux luy forment un salut* (II, 239.)
> *Qui se peut egaler aux charmes de mon luth.*
> *A l'air du temps si beau mille bandes legeres,*
> *Mille bruyants essains d'abeilles menageres,*
> *Vont boire le nectar en des couppes de fleurs*
> *Où de l'aymable Aurore on voit rire les pleurs;*
> *Le gentil papillon voltige sur les herbes,*
> *Il couronne leurs bouts de ses ailes superbes,*
> *Et, par le vif email dont se pare son corps,*
> *Qui des plus beaux bouquets efface les tresors,*
> *Fait qu'il semble aux regards que l'abeille incertaine*
> *Dans ses diversitez se trouve comme en peine,*
> *Et que son œil confus, suspendant son desir,*
> *D'une fleur ou de luy ne sache que choisir.*

Septiesme Partie. (II, 240.) Nachdem das Schilfkästchen
auf wunderbare Weise wieder wohlbehalten an den Ort zurück-
gekehrt ist, an dem die sorgliche Elternhand es ausgesetzt hatte,
erscheint jener Engel und flösst dem Kinde den Wundertrank
ein. Merary, Elisaph und Marie sind über die Ankunft des
Schiffleins hocherfreut; um ein abermaliges Forttreiben unmöglich
zu machen, befestigen sie die schwimmende Wiege mit Bastseilen.
Dabei fällt Marie in den Strom, ihr Geliebter springt ihr nach
und entreisst sie den tückischen Fluten. Sie begeben sich nach
Hause, die nassen Kleider gegen trockne umzutauschen, und
kehren unter traulichen Liebesgesprächen zu Merary zurück, den
sie angelnd finden. Er fordert sie auf, sich auch einmal in der
Kunst zu versuchen. Sie thun es und bald bedeckt eine reiche
Menge von Fischen das Ufer. Durch den Geruch, welchen diese
verbreiten, werden Mückenschwärme angelockt, die das Kind arg
belästigen. Merary, Elisaph und Marie versuchen die stechenden
Gäste zu vertreiben; aber ihr Bemühen wäre fruchtlos gewesen,
wenn sich nicht auf Betrieb des Schutzengels des Kindes ein
Wirbelwind erhoben und das Ungeziefer fortgeführt hätte.

Huitiesme Partie (II, 256). Beim Anblick des Krokodils-
kopfes erinnert sich Elisaph an die unterbrochene Geschichte
seines Onkels Merary, und er bittet diesen, sie zu Ende zu
führen. Merary nimmt daher seine Erzählung wieder auf; er

berichtet, wie Jakob endlich bei Laban anlangte und sieben Jahre lang um die schöne Rahel diente. Als die sieben Jahre um sind, soll die Hochzeit zwischen Jakob und Rahel festlich begangen werden. Schon sitzt man bei fröhlichem Mahle, als Lea, Rahels ältere, hässliche Schwester, ihrem Vater unter vier Augen ihre glühende Liebe zu Jakob gesteht. Sie habe bisher niemandem etwas davon merken lassen, um das Glück ihrer Schwester nicht zu stören; jetzt aber dränge sie eine innere Stimme, ihre Neigung offen zu bekennen. Der Vater kommt zur Einsicht, dass er falsch gehandelt hat, indem er die jüngere Schwester vor der älteren verlobte, und verspricht der Weinenden, er wolle sein Unrecht wieder gut machen. Auf wunderbare Weise nimmt Rahel plötzlich Lea's Gestalt an; da sie infolgedessen von allen mit Lea angeredet wird, glaubt sie schliesslich selbst, dass sie Lea sei und weist den Jakob hinauf ins bräutliche Gemach, der auch bei der nächtlichen Finsternis den Betrug nicht entdeckt. Als er aber am nächsten Morgen die hässliche Lea als Lagergenossin neben sich im Bette fand:

> *Un tel estonnement luy courut dans les veines*
> *Son esprit fut saisy de frayeurs si soudaines,*
> *Qu'il sauta hors du lit comme d'un lieu d'horreur,*
> *Et de cris esperdus lamenta son erreur.*
> *Ainsy seroit esmu l'oyseau qui niche à terre,*
> *Si, lorsque le reveil ses paupières desserre,*
> *Au lieu de sa compagne, il trouvoit à son flanc*
> *Une longue couleuvre au dos bleu, gris et blanc:*
> *Il quitteroit le nid, battroit l'une et l'autre aile,*
> *Se mettroit aussytost à chercher sa femelle,*
> *Et d'un ton gemissant, et d'un vol effrayé,*
> *Prendroit soudain de l'air le chemin non frayé.* (II, 270.)

Neufviesme Partie (II, 271). Auf Jakobs lautes Wehgeschrei kommt die ganze Familie herbei, auch Rahel, die wieder ihre alte Gestalt mit all ihrem holden Liebreiz erhalten hat. Jakob klagt mit harten Worten die Umstehenden des Betrugs an, um den selbst Rahel gewusst habe. Als er dann vor Schmerz und Gram ohnmächtig zusammenbricht, ertönt plötzlich in die allgemeine Verwirrung und Verlegenheit von oben herab eine Stimme, die Jakob auffordert, nicht mit Gottes Willen zu hadern. Denn Lea habe ihm der Himmel bestimmt, und was ihr an äusserer Schönheit gebräche, werde durch ihr reiches Gemüt vollauf ersetzt. Rahel aber wird von der Stimme ermahnt, ihre Schwester nicht mit neidischen Augen anzusehen, vielmehr guten Mutes zu sein, da sie dereinst Jakobs zweite Frau werden würde, eine Verheissung, die sich denn auch nach weiteren sieben Dienstjahren Jakobs erfüllt. Unter dessen Hand ist Labans Viehstand sichtlich gediehen, und als Jakob den Wunsch äussert, fortzuziehen und in seine Heimat zurückzukehren, versprach ihm Laban alle gesprenkelten Tiere, die in seiner Herde wären und noch geboren würden, wenn er noch länger bei ihm bleiben wolle. Jakob geht darauf ein, macht aber bald ein Mittel ausfindig, welches bewirkt, dass die grosse Mehrzahl der geborenen Tiere der ihm zukommenden Art angehört. Als Laban darüber von Tag zu Tag mehr erzürnte, hielt es Jakob für geraten, mit seiner Familie und all seiner Habe zu fliehen. Am Gileadgebirge erreicht ihn der ihm nachsetzende Schwiegervater, der jedoch durch einen Traum bestimmt wird, dem Flüchtigen kein Leid zuzufügen. So scheiden sie in Frieden von einander; Jakob zieht nach dem Lande Seïr, wo sein Bruder Esau herrscht. Diesen zu versöhnen, schickt er seinen treuen Diener Nebur an ihn mit köstlichen Geschenken. Bald verbreitet sich das Gerücht, der Bote sei von Esau ermordet, die Geschenke verbrannt worden. Deshalb lässt Jakob Vorsichtsmassregeln treffen, um einem etwaigen Überfall begegnen zu können. Es folgt nun die Erzählung von Jakobs nächtlichem Ringkampfe mit dem Manne Gottes und von dem rührenden Zusammentreffen mit Esau, der das ihm zugefügte Unrecht längst vergessen hat.

Dixiesme Partie (II, 286). Als Merary hiermit seine Geschichte für beendet erklärt und man nach den ausgestellten Vogelnetzen sieht, stösst plötzlich ein gewaltiger Geier aus der Höhe hernieder auf das Kind in dem Schilfgeflecht. Vergebens kämpfen Merary und Elisaph mit Stecken und Steinen gegen den mächtigen Raubvogel, immer und immer wieder schiesst er auf sein Ziel los. In dieser Not erscheint ein Engel, der den Geier so erschreckt, dass er eiligst davonfliegt, nicht aber, ohne vorher ein Schaf aus Merary's Herde mit den scharfen Fängen ergriffen und mit fortgenommen zu haben.

Mittlerweile neigt sich die Sonne dem Untergange zu, und goldig färben sich die Berge am Horizont, von ihren scheidenden Strahlen zum Abschied gegrüsst. Da naht von fern mit stattlichem Gefolge und prächtigem Wagen die Tochter des grimmen Pharao, die schöne und hoheitsvolle Termuth, um die Schönheit der Natur und der Vögel lieblichen Gesang zu geniessen, nachdem sie soeben in den frischen Fluten des Nils ein erquickendes Bad genommen hatte. Des weiteren schildert nun der Dichter ihre Milde und Freundlichkeit, ihren schlichten, einfachen Sinn, ihr warmes Gefühl für die Schönheit der Natur, ihre Liebe zur Kunst, die sie selbst betreibt. Sie hatte an jenem Nachmittage den Amram, den sie schon seit langem kennt, zu sich rufen lassen, damit er ihr einige Gemälde erklären möchte, die sie

gefunden hat, und welche offenbar Szenen aus der jüdischen
Geschichte darstellen. Das eine Bild zeigt die Brüder des Joseph,
wie sie sich über dessen Geschick beraten. An diese Deutung
knüpft Amram die Erzählung von Josephs fernerem Leben an;
er berichtet, wie dieser endlich ins Haus des Potiphar gekommen
und auf Veranlassung von dessen unkeuscher und lügenhafter
Gemahlin Osirie ins Gefängnis geworfen worden sei.

Onziesme Partie. (II, 300.) Im elften Teile wird die Geschichte des Joseph in genauer Anlehnung an I. Mos. 40, 41
fortgeführt bis zur Wiedererhöhung des unschuldig im Kerker
Schmachtenden. — Noch ein andres Bild legt Amram der Prinzessin
aus, welches eine Szene aus den sieben Jahren des Überflusses
wiedergibt. — Da inzwischen die Stunde herangekommen, wo
Termuth ihr Bad zu nehmen pflegte, so entfernt sich der beredte
Alte, und die Prinzessin begibt sich mit wahrhaft königlichem
Gefolge an den Nil, wo sich an einer wunderbar schönen
Stelle das Bad befindet, bei dessen Anlage die Künstlerhand
Gold und Marmor nicht gespart hat.

Douziesme Partie. (II, 315.) Im zwölften und letzten Teile
endlich zeigt uns der Dichter die herrliche Frau (denn Termuth
ist bei Saint-Amant vermählt), wie sie sich mit ihren holden Gefährtinnen im Bade tummelt und allerhand Kurzweil treibt. Am
Abend wird dann eine Ausfahrt an dem Nilufer gemacht; an der
Spitze des Zuges reitet ein Jäger mit einem Adler auf der Faust,
den er sofort in die Lüfte steigen lässt, als sich ein mächtiger
Geier zeigt, derselbe, der den Versuch gemacht hatte, das Kind
aus dem Schilfkästchen zu entführen. Es entspinnt sich ein
heisser Kampf zwischen den beiden Raubvögeln, bis es dem
Adler gelingt, den durch viele Wunden erschöpften Geier zum
Niedersteigen zu zwingen und ihm auf dem Boden vollends den
Garaus zu machen. Termuth fährt mit ihrem Gefolge nach der
Stelle, wo der siegreiche Adler noch gegen den erlegten Feind
wütet, als die Prinzessin plötzlich das Schilfkästchen auf dem
Spiegel des Nils gerade auf sich lostreiben sieht. Neugierig,
was es wohl enthalten mag, lässt sie es sich bringen und erblickt
staunend das weinende Knäblein darin, die Ursache der Aussetzung sofort erratend. Sie beschliesst, das Kind als das ihre
anzunehmen, besonders da ihre eigene Ehe bisher unfruchtbar
gewesen ist. Auf ihren Wunsch holt Marie eilends die Jokabel
herbei, welcher Termuth das Kind übergibt, damit sie es säuge;
auch schenkt sie ihr einen kostbaren Ring, damit sie ihres Amtes
mit um so grösserer Liebe walte. Marie empfängt von der freigebigen Termuth ein wertvolles Armband aus Bersteinstücken,
deren jedes eine Mücke umschlossen hält. Als die Königstochter

sich darauf entfernt, thut Jokabel ihren mütterlichen Gefühlen keinen Zwang mehr an: sie herzt und küsst das geliebte Wesen und kehrt mit ihm in ihr Heim zurück, wo Freude und seliges Glück einziehen ob des geretteten Moses.

Dies ist der Hauptsache nach der Inhalt des *Moÿse Sauvé*, dessen einzelne Partien, wie wir gesehen haben, durchaus nicht in sich abgeschlossen sind; oft ist der Zusammenhang zwischen ihnen sogar ein ganz inniger, wie z. B. zwischen der zweiten und dritten Partie, indem die zweite Partie mit den Worten schliesst:
Fit ouyr ces propos à Jacob endormy. (II, 178)
und die dritte dann die Rede bringt. Hierbei müssen wir uns freilich unwillkürlich fragen, zu welchem Zweck und nach welchem Prinzip wohl der Dichter diese Einteilung vorgenommen habe.

Weiter machen wir sofort die Bemerkung, dass sich Saint-Amant im wesentlichen ganz an die biblische Überlieferung gehalten hat; daneben aber schöpft er noch aus den Werken zweier jüdischer Schriftsteller, den *Antiquitates* des Josephus und der *Vita Mosis* des Philon, die ihm in französischer Übersetzung bequem zugänglich waren. Philon war 1588 von Pierre Bellier übertragen und seine Arbeit 1612 von Morel revidiert und um drei Bücher vermehrt worden. Von Josephus liegen uns schon seit 1492 eine lange Reihe von Übersetzungen vor, von denen besonders die von Gilb. Genebrard weit verbreitet und ausserordentlich beliebt gewesen sein muss, wie man aus den sieben Auflagen schliessen darf, die sie von 1578 bis 1646 erlebte.

Dem Josephus, der bei seiner Darstellung seiner Phantasie ziemlichen Spielraum gönnt, der sich gern in Einzelheiten verliert und mit ausgesponnenen Schilderungen rasch zur Hand ist, entlehnt Saint-Amant weit mehr Züge, als dem Philon, der nüchterner und sachgemässer, wenn auch stets mit grübelndem, wohl überlegendem Raisonnement zu Werke geht. Ihn benutzt Saint-Amant gleichsam als Aushilfe, wenn Josephus versagt. Dem letzteren folgt er, wenn er die Tochter des ägyptischen Herrschers, die den Moÿse auffindet, Termuth nennt und sie als das einzige Kind ihres Vaters ansieht.[1]) An Philon lehnt er sich an, wenn er sie verheiratet sein, aber in unfruchtbarer Ehe leben und nach einem Kinde sich sehnen lässt.[2]) Auch die Episode, wo Moses die ihm von Pharao angebotene Krone zu Boden wirft und mit Füssen tritt (II, 193), finden wir bei Josephus,[3]) der auch ganz ausführ-

---

[1]) *Antiquitates*, II, cap. 9, Abschnitt 7.
[2]) Philon, ed. v. Mangey. London, 1742. p. 82.
[3]) *Antiquitates*, II, cap. 9, Abschnitt 7.

lich und phantastisch den Feldzug des Moses gegen die Äthiopier berichtet,[1]) den der Pentateuch nicht kennt und bei dessen Schilderung Saint-Amant seiner Quelle Zug für Zug folgt (II, 194). Schliesslich hält sich unser Dichter auch in chronologischen Fragen an jene jüdischen Autoren; so verlegt er z. B. die Geburt des Moses genau wie Josephus etwas mehr als dreihundert[2]) Jahre nach dem Einzug der Israëliten in Ägypten (II, 153).

Daneben findet sich aber noch viel in der Dichtung, was wir allein auf die Rechnung der Phantasie Saint-Amant's zu setzen haben. Er hat eine Reihe von Gestalten eingeführt, welche der Bibel und den jüdischen Schriftstellern unbekannt sind. Hierher gehören Merary und Elisaph, die man nicht etwa als identisch ansehen darf mit dem Merari (II. Mos. 6, 16) und Elisaph (IV. Mos. 1, 14. 10, 20) der Bibel. Auch Jakobs Diener Nebur ist eine freierfundene Persönlichkeit. Fernerhin sind fast sämtliche ausschmückenden Episoden Erzeugnisse der schaffenden Phantasie unseres Dichters, so der Kampf des Elisaph und Merary gegen das Krokodil (II, 181—188), gegen den Geier (II, 287—290), die Beschreibung des Palastes der Termuth (II, 291), ihres Bades (II, 313, 314) und die Schilderung des Kampfes zwischen dem Adler und Geier (II, 318—320). Auch das Liebesverhältnis des Elisaph und der Marie (Mirja der Bibel), welches gleich einem roten Faden das Ganze durchzieht, ist ein Produkt der poetischen Gestaltungskraft unseres Dichters, die gerade in diesen freien Erzeugnissen am deutlichsten und schärfsten sich abspiegelt. Es war für Saint-Amant ganz notwendig, solche Episoden einzuschieben; denn wie wäre es ihm sonst möglich gewesen, aus den zehn Versen der Bibel, welche das eigentliche Sujet lieferten (II. Mos. 2, 1—10), ein Epos von so beträchtlicher Ausdehnung zu schaffen?

Bevor Saint-Amant an seine Arbeit gegangen war, hatte er es sich angelegen sein lassen, die Meinungen und Ansichten berühmter Ästhetiker über das Wesen und die Theorie des epischen Gedichtes kennen zu lernen. Zu diesem Behufe hatte er die einschlägigen Werke des Aristoteles, Horaz, Scaliger, Castelvetro, Piccolomini, Tasso u. a. (II, 145, 146) studiert, bald aber die Überzeugung gewonnen, dass das Werk, welches seinem Geiste vorschwebte, doch den Anforderungen keineswegs genügen würde, welche jene Männer an ein Epos stellten. Einmal verlange ein solches einen mächtigen, energisch handelnden Haupthelden, es verlange fernerhin als Sujet gewaltige Schlachten oder Be-

---

[1]) *Antiquitates,* II, cap. 10.
[2]) *Antiquitates,* II, cap. 10.

lagerungen grosser Städte. Von alledem aber sollte — und konnte — der *Moÿse Sauvé* nicht handeln. Ausserdem vollziehe sich ja auch in diesem der ganze Vorgang an einem einzigen Tage, während ein Epos eine Handlung voraussetze, die sich im Laufe eines vollen Jahres abspiele. Diese Überlegung, und der weitere Umstand, dass in seiner Dichtung das lyrische Element besonders stark hervorträte, brachten ihn auf den Gedanken, dieselbe nicht als *poème héroïque*, sondern als *idyle héroïque* zu bezeichnen. Er sagt selbst, dass die Akademie ihm hierin beigestimmt habe (II, 140); ebenso hiess Colletet den neuen Namen gut, und er war es auch, der unsern Dichter bestimmte, *idyle*, nicht *idylle*, zu schreiben, um durch diese Orthographie die Aussprache des *ll* in dem zu jener Zeit im französischen fast unbekannten Worte (II, 140) als *l-mouillée* zu verhindern.[1]) Da wir aber nun einmal gewohnt sind, unter Idyllen kleinere epische Dichtungen zu verstehen, welche die Schilderung des glücklichen Landlebens in seiner Einfachheit und Behaglichkeit zum Gegenstand haben, so scheint uns die Bezeichnung *Idylle* nicht gerade sehr glücklich gewählt zur Benennung einer Dichtung von beinahe 6000 Versen. Ebenso unzutreffend ist das Beiwort *heroïsch;* denn den Moses unseres Werkes, das schwache, hilflose, wenige Monde alte Kind kann man doch unmöglich als ‚Helden‘ bezeichnen; er verhält sich doch nur passiv, anstatt, wie es dem Helden einer Dichtung zukommt, thatkräftig allenthalben einzugreifen und alle anderen Gestalten durch die Macht seiner Persönlichkeit zu überragen.

Trotzdem dass Saint-Amant, wie aus dem Voranstehenden ersichtlich, eine Idylle schaffen wollte, ahmt er doch in vielen Punkten die Epen der Alten nach. Genau wie Homer und Vergil deutet er in den einleitenden Versen sein Thema kurz an; wie sie ihre Werke mit einem Anruf an die Musen eröffnen, so bittet auch er im Eingang zu dem seinen Moses um Hilfe und Unterstützung bei seinem Unternehmen. Oft lassen sich die Stellen in den antiken Epen geradezu nachweisen, an die Saint-Amant bei Abfassung seiner Dichtung dachte, und die er nachzuahmen suchte. So müssen wir die Schilderung des Sturmwindes, der sich auf der breiten Wasserfläche des Niles erhebt (II, 230), unwillkürlich in Beziehung bringen zu *Aeneïd.* lib. I, 58, 59, 83 ff., und die Darstellung von Szenen aus der Sintflut, die sich auf der Stickerei findet, an der Jokabel arbeitet (II, 190), kann recht wohl als Pendant zu der berühmten Beschreibung

---

[1]) Colletet, *Discours du Poème Bucolique, où il est traité de l'Eglogue, de l'Idyle et de la Bergerie.* Paris, 1657. p. 44.

des Schildes des Achilles gelten. — Gemeinsam ist ihm ferner mit den alten Epikern die Eigentümlichkeit, dass er seine Sprache durch meistenteils recht glücklich gewählte Vergleiche zu heben und dadurch die einzelnen Objekte mit immer neuen Lichteffekten zu beleuchten versucht. Die Beziehung zur Antike macht sich auch in der Einführung mythologischer Gestalten geltend, die ja in der Schule Ronsard's so beliebt waren und als unentbehrliches Handwerkszeug eines Dichters galten. In dieser Anschauung war Saint-Amant noch gänzlich befangen, sagt er doch selbst, er habe den griechischen Götterhimmel eingeführt, *pour rendre les choses plus poétiques* (II, 141). Daneben begegnen wir auch allegorischen Figuren, die gleichfalls durch die Plejade wieder sehr in Aufnahme gekommen waren. So beugen sich II, 235 *le Sort, la Fortune, le Temps, la Nature* und *la Mort* vor dem Herrn der Welt; II, 237 werden *Calme* und seine Schwester *Bonace* eingeführt; II, 238 ist die Rede von *le Calme et ses compagnes*. Dazu treten noch die vielen dem Judentume entlehnten Engelsgestalten, welche nur allzu häufig erscheinen, um an irgend einer verwickelten Stelle den Knoten zu durchhauen. Dass eine so sonderbare Verquickung von heidnischen, jüdischen und allegorischen Elementen der Einheit der Stimmung nicht gerade sehr förderlich sein konnte, bedarf wohl kaum eines besonderen Hinweises.

Saint-Amant bildete sich nicht wenig darauf ein, dass er in seiner Dichtung die Einheit des Orts und der Handlung beobachtet habe, und dass er letztere *par une manière toute nouvelle* nicht in 24 Stunden, wie es das Drama verlange, sondern sogar in der Hälfte dieser Zeit (II, 143) sich abspielen lasse. Hier begegnen wir also bereits dem Stolze, mit dem die Franzosen des 18. Jahrhunderts auf die Innehaltung der 3 Einheiten in ihren Dichtungen hinwiesen, und den ein Lessing als völlig unbegründet der Lächerlichkeit preisgab. Auch bei unserem Dichter stehen die 3 Einheiten auf recht schwachen Füssen. Wohl kann man Memphis und dessen nächste Umgebung als Schauplatz bezeichnen, aber Saint-Amant führt den Leser an die verschiedensten Punkte; bald geleitet er uns ins Haus des Amram, bald an den Nil, wo das Kind ausgesetzt ist, bald in den Palast, bald nach dem Bade der Termuth, so dass von einer Einheit des Ortes im strengen Sinne kaum gesprochen werden darf. — Am schlimmsten jedenfalls steht es mit der Einheit der Handlung. Der eigentlichen Haupthandlung ist nur der kleinere Teil der Dichtung gewidmet, da neben ihr gleichsam verschiedene andere Handlungen vor unserem Geiste sich abspielen. Es gibt einige *Parties* in dem Gedichte, in denen von der eigentlichen

Haupthandlung nicht in einem einzigen Verse die Rede ist: *Partie* IV, V, IX; und nur zum geringsten Teile beschäftigen sich mit ihr *Partie* II, VIII, XI. Es sind dies die Teile, in denen uns der Dichter die Geschichte des Jakob (etwas über 1300 Verse), die des Joseph (etwas über 400 Verse) und den Traum erzählt, in welchem Jokabel die Zukunft des Moses erblickt (gegen 1200 Verse). Durch die Fülle dieses erzählungsweise Berichteten (im ganzen 2900 Verse) wird die eigentliche Haupthandlung in nicht zu billigender Weise in den Hintergrund gedrängt; derjenige, welcher die Dichtung zum ersten Male in die Hand nimmt, kann oft 10, 20, an einer Stelle sogar 28 Seiten (II, 258—285) hintereinander lesen, ohne auch nur einem Worte zu begegnen, das auf die Haupthandlung Bezug hätte. Ein solcher wird allerdings kaum verstehen, wie das Werk zu der Überschrift *Moïse Sauvé* gekommen. In der Wahl der Handlung liegt eben der Hauptfehler; das kärgliche und ärmliche Sujet konnte nur durch Einstreuen von Erzählungen und Episoden zu solch bedeutendem Umfange aufgebauscht werden; anstatt seine Personen handelnd einzuführen, musste sie der Dichter erzählen lassen, und dieser Umstand wirkt ermüdend auf den Leser, besonders auf uns, die wir von der Schule her mit der biblischen Geschichte ziemlich vertraut sind. Im 17. Jahrhundert freilich war dies in Frankreich anders; noch hielt ja die katholische Kirche ihren Söhnen die Lektüre der heiligen Schrift vor, und so mag die Erzählung der Geschichte des Jakob, Joseph und Moses für manchen des Wissenswerten und Neuen genug geboten haben.

Wie lebhaft übrigens damals gerade der Wunsch war, die Geschichte des Alten Testamentes künstlerisch darzustellen, geht auch daraus hervor, dass viele Maler die Vorwürfe zu ihren Gemälden dem alten Bunde entlehnten. Der berühmteste unter ihnen ist Nicolas Poussin, Saint-Amant's grosser, gleichaltriger Landsmann,[1]) dessen Meisterwerke uns vielfach unwillkürlich an Bilder gemahnen, wie sie uns Saint-Amant in seinem *Moïse Sauvé* entwirft. Ich möchte hierbei unter anderem nur hinweisen auf Saint-Amant's Schilderung der Sintflut (II, 190) und Poussin's Gemälde *le Déluge*, auf Saint-Amant's Darstellung der Rettung des Moses (II, 322) und auf die beiden Gemälde Poussin's, die das nämliche Sujet behandeln, schliesslich noch auf die Szene bei Saint-Amant, wo Moses die ihm von Pharao angebotene Krone zu Boden wirft und mit Füssen tritt (II, 193), und auf

---

[1]) Geb. 1594 zu Andelys an der Seine, einige Meilen oberhalb Rouen.

das Bild von Poussin, welches in der *Notice des Tableaux exposés dans la Galérie du Musée Royal*[1]) beschrieben wird. Die Ähnlichkeit zwischen den dichterischen Entwürfen Saint-Amant's und den künstlerischen Konzeptionen Poussin's ist in vielen Fällen eine so augenscheinliche, selbst bis in an und für sich unbedeutende und nebensächliche Züge hinein verfolgbare, dass wir auf eine Wechselwirkung zwischen den beiden füglich schliessen dürfen. Dass Saint-Amant mit den Schöpfungen Poussin's bekannt war und ihn ausserordentlich hochschätzte, steht fest; nennt er ihn doch:

..... le roy de la peinture,
cet homme qui dans l'art fait vivre la nature (II, 241),

und daher dürfte die Annahme, dass dem Dichter bei der Abfassung seines Werkes Darstellungen auf Poussin'schen Gemälden vorschwebten, die näherliegende sein.

In seiner Vorrede zum *Moÿse Sauvé* (II, 147) äussert sich Saint-Amant mit geheimnisvoller Wichtigkeit: *Il y a un sens caché desous leur* (scil: *accidents qui arrivent à Moÿse dans le berceau*) *escorce qui donnera de quoy s'exercer à quelques esprits*. Ich glaube kaum, dass es ihm mit dieser Behauptung Ernst war, sondern dass er diese Art litterarischen Versteckspiels, wie es in der damaligen Epen- und Romanlitteratur recht im Schwunge war, nur fingierte, um dadurch sein Werk für die Leser interessanter zu machen, vielleicht auch in der Hoffnung, dass man sich in den Salons und Hôtels der Pariser Gesellschaft über den verborgenen Sinn aussprechen und so den *Moÿse Sauvé* in weiteren Kreisen bekannt machen würde. Im übrigen weist Saint-Amant jede Verantwortlichkeit für eine falsche Deutung von vornherein ab: *Dans la recherche peut-être me feront-ils dire des choses à quoy je ne pensois jamais* (II, 147).

Was nun den Stil angeht, in dem die Dichtung niedergeschrieben ist, so muss man zugeben, dass derselbe allenthalben dem Stoffe entsprechend ein würdiger und gehobener ist; nirgends verrät eine Spur, dass der Verfasser auch in der Bursleske seine Feder meisterhaft zu führen versteht. Was der Handlung an Reichhaltigkeit und Mannigfaltigkeit abgeht, suchte Saint-Amant durch eine ins Detail gehende Schilderung zu ersetzen, und so kommt es, dass, wenn zwar wir den *Moÿse sauvé*, als Ganzes betrachtet, verwerfen, doch bekennen müssen, dass einzelne Teile in der Ausführung ganz vortrefflich gelungen sind: Mit wenigen

---

[1]) Paris, 1826. p. 41, Nr. 207. *Moÿse enfant jette par terre et foule aux pieds la couronne du Pharaon que ce prince lui avait mise sur la tête.*

Strichen zeichnet uns der Dichter farbenprächtige und glanzreiche Bilder; und in der kunstvollen, mit liebevoller Hingabe ausgeführten Kleinmalerei findet der Natursinn des Dichters den schönsten Ausdruck. Théophile Gautier behauptet daher mit vollem Rechte, dass viele Stellen des *Moÿse Sauvé* würdig wären, vom Ganzen losgelöst in eine Anthologie französischer Dichtungen aufgenommen zu werden, wie z. B. der Kampf des Moses mit dem Ägypter (II, 195), das Bad der Termuth (II, 313) und sogar der von Boileau gebrandmarkte Durchzug durchs Rote Meer (II, 214).[1]) Ein unserm Dichter eigentümlicher Zug ist, dass er eine grössere Anschaulichkeit und Lebendigkeit zu erzielen sucht durch die Häufung von Appositionen und verbalen Prädikaten. Anstatt einfach zu sagen *Dieu*, heisst es z. A. bombastisch:

> *Le Grand, le trois fois Saint, le Dieu que nous servons,*
> *L'Esprit qui nous a faits et par qui nous vivons* ... (II, 303.)

und um das ungestüme Wüten des Sturmwindes zu schildern, sagt er:

> ... *le cruel Borée* ...
> *Sort de son antre obscur, se revest d'insolence,*
> *Plus viste qu'un esclair sur ses ailes s'elance,*
> *Siffle, hurle, mugit, enrage en ses poumons,*
> *Heurte, fracasse, entraisne et bois, et tours, et mons,*
> *Fait trembler la nature, et, rapide en sa course,*
> *Esbranle en leurs pivots et l'antartique et l'ourse,*
> *En tourbillons espais franchit le bras de mer,*
> *A son complice mesme est terrible, est amer,*
> *Vient fondre sur ses eaux, rend ses vagues chenues.* (II, 230.)

Wenn diese Häufung von Prädikaten an der eben zitierten Stelle eine recht gute Wirkung hervorbringt, so ist eine solche bei weitem verfehlt in den Versen, die auch Boileau aufsticht,[2]) wo Saint-Amant das geschäftige Treiben eines kleinen Kindes beim Zug durchs Rote Meer schildern will:

> *Là l'enfant esveillé* ...
> *Va, revient, tourne, saute, et par maint cri joyeux*
> *D'un estrange caillou, qu'à ses pieds il rencontre,*
> *Fait au premier venu la precieuse montre,*
> *Ramasse une cocquille, et, d'aise transporté,*
> *La presente à sa mère avec naïveté.* (II, 214.)

Denn dieses harmlose Spiel des Kindes will doch gar nicht zur Lage der Dinge passen; wir müssen uns doch denken, dass die Israeliten in dicht geschlossner Masse, in stürmischem

---

[1]) Vgl. den Aufsatz von Th. Gautier über Saint-Amant in den *Poètes français, recueil des chefs-d'œuvre de la poésie française depuis les origines jusqu'à nos jours*. Publié sous la direction de M. Eugène Crépet. Paris, 1861. II, p. 501 ff.

[2]) *Art Poétique*, Chant III, v. 257.

Drängen, flüchtend durch das Meer ziehen, und so scheint uns Saint-Amant's Darstellung ganz unmöglich.

Unsern vollen Beifall verdient der schöne, musikalische Rhythmus der Verse, die sanft und leicht dahingleiten. Den Alexandriner hat Saint-Amant gänzlich in seiner Gewalt, und er hat auch über dessen Wesen seine eigene, auf feinem Verständnis beruhende Meinung. Spricht sich Malherbe prinzipiell gegen das Enjambement im Verse aus, so ficht Saint-Amant mit bewusstem Widerspruch diese Regel an. Er bemerkt sehr richtig: *Je ne suis pas de l'advis de ceux qui veulent qu'il y ait toujours un sens absolument achevé au deuxiesme ou au quatriesme. Il faut quelquesfois rompre la mesure afin de la diversifier; autrement cela cause un certain ennuy à l'oreille, qui ne peut provenir que de la continuelle uniformité; je dirois qu'en user de la sorte, c'est ce qu'en termes de musique on apelle rompre la cadence, ou sortir du mode pour y r'entrer plus agreablement* (II, 147). Auf diese Weise konnte er den ungezwungenen, freien und abwechslungsreichen Fluss seiner Verse erreichen, während man Malherbe's in formgerechten Alexandrinern abgefasste Gedichte ihres einförmigen Gleichklangs wegen nicht mit Unrecht mit einer Pappelallee verglichen hat.

Nach dem Vorbild, welches Ronsard in seiner *Franciade* gegeben hatte, lässt auch Saint-Amant den männlichen Reim mit dem weiblichen wechseln. Die Reime selbst zeichnen sich durch ihre Reinheit und Volltönigkeit aus, und nur ganz selten und ausnahmsweise läuft ein Verstoss gegen die von Malherbe inbezug auf den Reim gegebenen Regeln unter.

Recht interessant ist der Briefwechsel, welcher sich kurz nach Veröffentlichung des *Moyse Sauvé* zwischen dem Dichter und dem seiner Zeit hochberühmten Gelehrten Bochart entspann. Er zeigt, mit welchen Augen man damals noch eine Dichtung ansah, und welche Anforderungen man an sie stellte. Bochart glaubte nämlich, in dem *Moyse Sauvé* verschiedene Verstösse teils gegen geschichtliche, teils gegen naturwissenschaftliche Wahrheiten zu bemerken, und wandte sich deshalb in einem Briefe, der uns nicht mehr erhalten ist, an Saint-Amant, in welchem er diesen im Ganzen auf vierzehn Punkte aufmerksam machte. Saint-Amant antwortete mit einem Schreiben vom 5. März 1654 (II, 329) und suchte die Anschuldigungen zurückzuweisen, indem er sich auf andre Autoren bezog oder darauf hinwiess, dass es einem Dichter wohl gestattet sei, übertreibend von der Wahrheit hie und da abzuweichen, um die von ihm berichteten Thaten in desto grösserem Glanze erscheinen zu lassen. Bochart liess es sich nicht nehmen, seinerseits in einem im freundschaftlichsten Tone gehaltenen Briefe zu entgegnen, der von der grössten Gelehrsamkeit strotzt und von Bochart's erstaunlicher Belesenheit Zeugnis ablegt. Er wendet sich hier nochmals gegen jene vierzehn Punkte, die er schon im ersten Briefe angegriffen hatte, häuft Zitat auf Zitat und zieht lateinische, griechische, hebräische, arabische, chaldäische und syrische Texte heran, um seine Meinung zu rechtfertigen; dabei ist er aber auch ehrlich genug, alle die Thatsachen mit anzuführen, welche zu Gunsten seines Gegners sprechen. Darnach ficht er elf neue Stellen der Dichtung an, die er inzwischen als nicht ganz mit der Wahrheit in Einklang stehend herausgeklügelt hat. Dieser Brief Bochart's findet sich in lateinischer Übersetzung in seiner *Geographia Sacra seu Phaleg et Canaan*[1]) und zählt daselbst nicht weniger als einundzwanzig grosse Folioseiten.

In bezug auf die ersten vierzehn Punkte glaube ich, dass sich Saint-Amant in dem obenerwähnten Schreiben (II, 329) der Hauptsache nach genügend gerechtfertigt hat. Eine Erwiderung des Dichters auf die elf von Bochart neu angegriffenen Punkte ist mir nicht zur Kenntnis gekommen; um zu zeigen, mit welchem Eifer und mit welcher Aufmerksamkeit einerseits der Gelehrte das Gedicht studiert haben muss, und wie leichter Natur andererseits seine Ausstellungen oft sind, will ich im folgenden allemal die von Bochart angefeindete Stelle mit seinem Einwand in der thunlichsten Kürze nebeneinander stellen.

1) II, 167: Saint-Amant schildert, wie die Israeliten den Geburtstag Jakobs feiern.

Spalte 1129: Die Israëliten haben nie zu Ehren eines Patriarchen dessen Geburtstag gefeiert.

2) II, 170: Esau erlegt auch *sangliers*, die als *exquise venaison* bezeichnet werden.

Spalte 1130: *Judaei ,apris' non vescebantur, quippe qui non ignorarent, aprum esse suis speciem.*

3) II, 174: Isaak und Rebekka beschliessen, den Jakob zum Grossvater Bathuel zu senden.

Spalte 1130: Bathuel war damals schon tot. *Vade ad Bathuelis domum* (Genes. 28, 2) = *Vade ad Bathuelis familiam*.

4) II, 177, 180: Jakob verlässt mit Kameelen, Silbergefässen und dem Diener Nebur das väterliche Haus.

Spalte 1130: Hinweis auf Genes. 32, 10: *Cum baculo meo solo trajeci Jardenem istum, nunc autem acierum duarum effectus sum dominus.*

---

[1]) Ed. IV, 1707, Spalte 1099—1139. Datiert: Cadomo (Caen), IV. Calend. Maji anno Salut. MDCLIV (1654).

5) II, 194, 307: Saint-Amant spricht davon, dass Isis zur Zeit des Joseph, resp. Moses, von den Ägyptern verehrt worden sei.

Spalte 1131: *Isis est Jo, quae juxta Africanum Eusebium aliosque Chronographos in Aegyptum solummodo accessit anno Mosis in Madianititem excessum proxime subsecuto.*

Bochart führt zu dem Anachronismus des Dichters zwei litterarische Seitenstücke an: Plautus *(Amphitryo*, Szene I) lässt den Sosia beim Herkules schwören, ehe dieser geboren war. Phönix Colophonius lässt in seinen *Jambi* den sterbenden Ninus von βαχχαί reden, lange bevor Bachus überhaupt existierte.

6) II, 194: Saint-Amant spricht von *dragons*, die Moses mit *oyseaux* siegreich bekämpft (vergl. Josephus, *Antiqu.* II, cap. 10).

Spalte 1131: *Substitue ,serpentes' draconibus, siquidem dracones magnitudine ita sint stupendi, ut avis nulla ausit invadere, multo minus superare possit.*

7) II, 220: *Cependant Amalec, ,roy' puissant...*

Spalte 1134: *Amalec* ist nicht Name eines Königs, sondern eines Volkes, wie Israël, Ammon, Moab, Madian.

8) II, 307: Saint-Amant sagt, dass die Kühe (Traum des Pharao) aus einem *fleuve inconnu* stiegen.

Spalte 1135: *Unicus est in Aegypto tota fluvius, nempe Nilus. Ex eo igitur fluvio omnibus cognito vaccae illae ascenderant.*

9) II, 311: Der Wagen der zum Bade fahrenden Termuth wird von drei *licornes* gezogen, deren Zügel eine *Amazone* lenkt.

Spalte 1135: *Omnes propemodum, qui de Monocerotibus scribunt, in India ponunt.* — Im übrigen hegt Bochart bedenkliche Zweifel, ob jemals Einhörner gelebt haben. — *Siquidem ex Justino lib. II et Orosio lib. I, cap. 15 deducatur, Amazonas tum demum venisse in lucem, cum vel Priamus adventaret, vel floreret Alcmenae filius Hercules, qui Mose tercentis, aut circiter annis est recentior.*

10) II, 318: Termuth kommt mit grossem Gefolge aus dem Bad. An der Spitze des Zuges reitet ein Mann, dem die Vorbereitungen zur Jagd obliegen, und der einen *aigle sur le poin* trägt.

Spalte 1136: Bochart zitiert Albertus Magnus: *Herodius cicur super manu sedens gestari non potest, sed potius bracchio toto sustineri debet, ab humero ultra manum, pelle cervina munito.*

11) II, 228: Aarons Stab, der von neuem zu grünen beginnt, wird *verge en reptile autresfois transformée* genannt, als ob

es der nämliche wäre, den Aaron im Angesicht des Pharao in eine Schlange verwandelte.

Spalte 1136: Bochart zweifelt an der Identität dieser an den beiden Stellen der Schrift erwähnten Stäbe.

Trotz aller dieser Bemängelungen, welche der Gelehrte an dem Werke des Dichters zu machen hat, leuchtet doch aus dem ganzen Briefe unverkennbar hervor, wie hoch er ihn schätzt. Er bittet ihn verschiedenemale angelegentlich darum, ihm seine Kritik nicht übel nehmen zu wollen, und ersucht ihn (Spalte 1139), bei einer zweiten Ausgabe die von ihm erhobenen Bedenken zu berücksichtigen, da vielleicht einige Nörgler *(difficiliores)* daran Anstoss nehmen und ihn schmähen möchten. Noch einmal hebt Bochart zum Schluss die *elegantiam styli, fictionum gratiam et varietatem, carminum venustatem* des *Moÿse Sauvé* hervor, um seinen etwas ausgedehnten Brief mit folgenden Worten zu beenden: *nunquam profecto passurus sum, ut quisquam tantillum ejus industriae, venustati et merito deroget: et si qui audeant, sciant illi, me eodem prorsus studio ipsis adversaturum, quo tibi et tuis omnibus, Vir Celeberrime, sum deinceps adhaesurus et fauturus.*

Einer derartigen Kritik erachtete der von seinen Zeitgenossen seines reichen Wissensschatzes wegen hochverehrte Bochart, dessen Zeit durch gelehrte Arbeiten doch wahrlich genugsam in Anspruch genommen war, die Dichtung des Saint-Amant für würdig.

Nicht ganz zwei Dezennien später lässt ein anderer Kritiker über dieselbe seine Stimme hören; seine in wenigen Versen von verächtlicher Kürze zusammengefassten witzigen und glatten Worte, die sich dem Gedächtnis leicht einprägen, werden von der kritiklosen, spottlustigen Menge beifällig aufgenommen, und nach seinem Vorgange wird derselbe Saint-Amant, von dem ein Bochart im Tone höchster Bewunderung spricht, von den Darstellern der französischen Litteraturgeschichte als ein *fou* erklärt. Ich meine Boileau, der in seinem *Art Poétique* mit einem Kalauer unseren Dichter sagen lässt (Chant III, v. 257), die Fische haben aus Fenstern zugeschaut, wie das Heer der Israeliten durchs Rote Meer zog[1]) (II, 214). So unnatürlich, gesucht und abgeschmackt dies dem Leser erscheinen muss, so einfach und erklärlich kommt es ihm vor, wenn er bei Saint-Amant die Stelle im Zusammenhange liest. Über die Durchschreitung des Roten Meeres hat eben Saint-Amant ganz die Anschauung der Bibel, wo die Fluten des Roten Meeres, die sich rechts und links von

---

[1]) Boileau, *Œuvres Complètes.* Ed. Paul Chéron, Paris, s. a. 102, Col. 2. — Vgl. auch seine *Réflexion VI,* p. 217.

den Juden auftürmen, mit Mauern verglichen werden.¹) Wenn nun Saint-Amant noch einen Schritt in seiner ausschmückenden Schilderung weitergeht und die Ungeheuer der Meerestiefe, Delphine und Haifische, über ein solches Ereignis erschrocken und erstaunt, zuschauen lässt (von Fenstern ist nirgends die Rede),
„Les poissons esbahis les regardent passer.' (II, 214)
so kommt uns das gar nicht so albern vor, als es jener poetische Diktator hinstellt.²) Gegen dessen verleumderische Darstellung wenden sich auch Perrault³) und besonders, in einem langem Aufsatz, Desforges-Maillard,⁴) indem sie Saint-Amant von dem Vorwurfe der Narrheit zu reinigen suchen. — Wenn Boileau ferner die Dichter warnt, ihre Leser mit lächerlichen Kleinigkeiten zu langweilen, und dabei Saint-Amant als abschreckendes Beispiel aufstellt, indem er auf die Schilderung des Treibens des kleinen Kindes, von dem oben die Rede war, hinweist *(Art Poét.* III, v. 257...), so möchte ich nur darauf aufmerksam machen, wie wenig Boileau in seinem *Poème héroï-comique: le Lutrin* diese Regel selbst beherzigt hat. Wie oft verliert er sich in ausgesponnene, langatmige und daher wenig erbauliche Detailmalerei; wieviel Worte macht er, um unwesentliche, nebensächliche Szenen und Episoden ja recht aufzubauschen und auszuschmücken! Bei seinen kleinlichen, pedantischen Ausstellungen hat er die mannigfachen Schönheiten, die Saint-Amant's Dichtung sicher bietet, ganz übersehen, und erst in neuester Zeit hat man wieder darauf hingewiesen.

3. *La Généreuse.*

1656 liess Saint-Amant eine zweite *Idyle héroïque* erscheinen, betitelt *Généreuse* (II, 345—388), worin er seine Herrin, die Königin Marie-Louise von Polen feiert wegen der Kühnheit, die sie in der Schlacht bei Warschau an den Tag gelegt hatte. Sie

---

¹) Vgl. Milton, *Paradise Lost*, Book XII, v. 196, 197. ... *the sea lets them pass... as on dry land between two crystal walls.* — Cowley, *Works*. 3ᵈ éd. London, 1672. *Plagues of Egypt*, p. 64. *The wondring army saw on either hand — The no less wondring waves like rocks of crystal stand.*
²) Boileau wäre sicher im stande gewesen, auch unsern Aug. Wilh. von Schlegel als Narren hinzustellen, da dieser den Delphin, der den Arion auf dem Rücken davonträgt und so rettet, das *menschenliebende, sinnige Tier* nennt. (In seinem Gedicht *Arion.)*
³) *Paralelle des Anciens et des Modernes.* Paris, 1693. II, p. 179.
⁴) *Dissertation de M. Desforges-Maillard, associé de l'Académie Royale des Belles-Lettres de la Rochelle*, vorgetragen in der öffentlichen Akademiesitzung am 19. April 1752. — Bericht darüber im *Mercure de France*, 1752. Augustheft p. 14—23.

hatte daselbst in eigener Person das Kommando über das Geschütz übernommen und durch ihr mutiges und entschlossenes Auftreten nicht wenig auf die Soldaten eingewirkt. Diese Dichtung, welche aus 114 Strophen mit dem Reimschema $\begin{smallmatrix} a\,b\,b\,a & c & c\,d\,d\,e \\ 8\,8\,8\,8 & 12 & 8\,8\,12\,8 \end{smallmatrix}$ besteht, bietet wenig Lobenswertes. Sie hat viele langweilige und müssige Verse, und recht bedenklich mischt sich mystisch-religiöse Betrachtung in sie ein; so beginnt z. B., um einen Beleg anzuführen, Strophe 98 (II, 383) mit den Worten:

Là, le Verbe qui se fit Homme
Pour déïfier l'homme en luy . . .

La Généreuse ist ein Beweis, dass Saint-Amant's dichterische Kraft erstarrt ist.

Ebenso schwach ist das Gedicht, mit dem des Dichters Leier auf ewig verstummte, welches er 1659 auf den Pyrenäenfrieden dichtete (*Poème sur la Suspension d'Armes*; II, 473—483). Ohne jegliche poetische Wärme lässt es den Leser kalt und fröstelt ihn durch seine Armut an wahrer Empfindung an. Saint-Amant hatte eben seine Mission erfüllt; seine Zeit war um; er konnte es den jugendlichen Dichtern nicht mehr gleich thun, und das fühlte er recht wohl. Darum ist auch aus seinen beiden letzten Lebensjahren nichts mehr auf uns gekommen, möglich, dass er das Dichten in dieser Zeit überhaupt aufgegeben hatte, möglich auch, dass er seine letzten Erzeugnisse nicht für würdig erachtete, gedruckt zu werden.

So glauben wir gezeigt zu haben, wie Saint-Amant bei seinem dichterischen Schaffen stets eine gewisse Originalität verrät, wie er jederzeit bestrebt gewesen ist, der Dichtung neue Bahnen zu erschliessen. Bald gelang es ihm, bald zog er sich durch seine Versuche den Tadel Späterer zu. Seiner Zeit hat er jedenfalls Genüge geleistet; wer von seinen Zeitgenossen auf ihn zu reden kommt, spricht von ihm nicht bloss als einem gutherzigen, harmlosen Menschen, sondern auch als von einem anerkannten Dichter, dessen Werke das Entzücken der damaligen Gesellschaft bildeten. Und selbst Boileau, der von seiner dichterischen Laune verleitet unsern Dichter der Lächerlichkeit preis gab, muss kleinlaut zugeben, dass Saint-Amant Geist besitzt, dass sich Ausgezeichnetes in seinen Werken findet, und dass Saint-Amant demnach einer Kritik wie er — Boileau — selbst recht wohl würdig ist.[1]) Wir haben gezeigt, dass sogar hervorragende

---

[1]) Boileau, *Préface* zu den Ausg. 1683, 1685, 1694. — Abgedruckt als *Préface IV* in der Ausg. der *Œuvres Complètes de Boileau-Despréaux* von Paul Cheron. Paris, s. a. p. 3.

Gelehrte jener Zeit wie ein Bochart sich dem allgemeinen günstigen Urteile nicht verschlossen, sondern auch ihrerseits dem Dichter ihren Tribut in uneingeschränkter Weise zollten. Wir haben endlich darauf hingewiesen, wie verschiedene seiner Gedichte auch in fremde Sprachen übergingen, ein Zeugnis dafür, dass der in ihnen angestimmte Ton gemeinverständlich war.

Aus allen diesen Gründen muss Saint-Amant auch noch für uns Interesse haben, und daher glaubte Verfasser dieser Abhandlung, dass eine Darstellung des Lebens und der Werke Saint-Amant's keine müssige Arbeit sein würde, besonders im Hinblick darauf, dass unser Dichter im Anschluss an Boileau auch noch jetzt öfters recht falsch und schief beurteilt wird.